À la vie à la mort

Du même auteur

Théâtre

Terminus, prix d'Encouragement du ministère de la Culture

La Dernière Nuit, Grand Prix du ministère de la Culture

Voyage pour Hénoch, prix Beaumarchais

Éric Dupond-Moretti à la barre, écrit avec Éric Dupond-Moretti

L'Invitation

Les Grandes Ambitions

Suite royale, écrit avec Judith Elmaleh

Roman

Huit mètres carrés, Éditions Michel Lafon, 2019

HADRIEN
RACCAH

À la vie à la mort

ROMAN

Michel Lafon

118, avenue Achille-Peretti – CS 70024
92521 Neuilly-sur-Seine Cedex
www.michel-lafon.com

Pour Nóra,
Pour ma mère, mon père,
Ma sœur, mon frère,
Aurélie, Rudy,
Mes nièces et mon neveu

– 1 –

DÉCEMBRE 2022

On disait de lui qu'il était un bon vivant. Mais que devient un bon vivant quand il est mort ? Un bon mort ?

On disait de lui qu'il était brillant, qu'il était charismatique. On disait de lui tout un tas de choses mais cela n'avait plus la moindre importance maintenant, parce que maintenant il était mort. Définitivement hors circuit.

Ce jour-là il faisait froid dans cette église de la montagne Sainte-Geneviève. Située dans le Ve arrondissement de Paris, tout près du Panthéon, l'église Saint-Étienne-du-Mont est sans aucun doute l'une des plus belles de la capitale. En tout cas pour lui c'était la plus belle, celle où il se sentait le mieux. Presque chez lui.

Il aimait marcher de long en large, arpentant les bas-côtés, admirant les fresques et les peintures, s'arrêtant devant chaque vitrail. À présent qu'il était allongé au sol, sans vie, c'est la coupole de la chapelle de la Vierge qu'il devait voir. Ou alors peut-être qu'il ne voyait plus rien. Peut-être que son esprit était déjà très loin.

Mourir dans un lieu saint c'est peut-être mourir plus près de Dieu. C'est peut-être bien. Ou peut-être que Dieu n'existe pas, peut-être que c'en est une preuve supplémentaire, une preuve irréfutable.

Il s'appelait Vincent.

Vincent, un prénom qu'il aimait tellement qu'il se présentait aux inconnus presque toujours de la même façon. Après avoir tendu le bras et ouvert la main, il articulait fièrement : « Bonjour, je m'appelle Vincent. » Ou « Bonsoir », bien sûr, si la rencontre avait lieu le soir.

C'est étrange de donner son prénom quand on se présente, c'est étrange comme première information parce que le prénom ne dit rien de nous, ne dit rien du tout. Le prénom c'est une non-information. Il y a des Robert qui ont vingt ans et des Boris qui ne sont pas russes. Vincent aurait pu s'appeler Éric, Philippe ou Serge, cela n'aurait rien changé ; il aurait été tout aussi brun, grand et charmant. Parce que Vincent était un homme charmant. Son large sourire et l'intelligence qu'on lisait dans son regard le rendaient sympathique aux yeux de tous. Il était un excellent fils, un excellent père, un ami toujours présent, et même ceux qui travaillaient pour lui n'avaient pas à se plaindre.

C'était un type bien.

Mais à quoi ça sert d'être un type bien si c'est pour mourir avant ses quarante ans ? Même pas le temps de faire sa crise de la cinquantaine. Même pas le temps d'avoir ses premiers cheveux blancs. Mourir avant ses quarante ans c'est voir seulement la bande-annonce et pas le film. C'est un aperçu. Un avant-goût.

C'est le sacristain qui avait découvert dans le confessionnal le corps inanimé peu avant la messe de dix-huit heures quarante-cinq. Il y avait du sang, du sang un peu partout et pourtant il n'avait pas paniqué. Il avait appelé successivement les pompiers puis la police, qui sortirent le corps du confessionnal pour l'allonger dans un bas-côté de la nef, et s'était assuré qu'aucun des fidèles ne puisse approcher.

Ce soir-là personne ne pourrait se confesser. Ce soir-là il n'y aurait ni messe ni sermon.

Plus tard, bien plus tard, on interrogerait tout le monde ; le musicien venu jouer de l'orgue, le sacristain, les quelques fidèles présents et même le prêtre. Tout le monde. Mais pour l'instant il n'y avait que le silence et quelques chuchotements. Des chuchotements pour trouver des réponses. Qui ? Quand ? Comment ? Et pourquoi ? Tous les enquêteurs du monde, depuis la nuit des temps, se posent toujours les mêmes questions. Qui est cet homme allongé au sol ? Quand est-il mort ? Comment est-il mort ? Et pourquoi ?

Ce jour-là, curieusement, Vincent n'avait pris aucun de ses papiers avec lui. Ni passeport, ni carte d'identité, ni même permis de conduire. Ce qui rendrait son identification un peu plus longue, un peu plus complexe.

Il n'avait rien sur lui. Rien à part ses vêtements : un pantalon de costume bleu marine, une veste de costume bleu marine, une cravate bleu marine et un long manteau… noir. Parce qu'il avait donné au pressing son manteau bleu marine. Vincent aimait beaucoup le bleu marine.

Vincent portait un costume du lundi au vendredi et parfois même le week-end, parce que son père, lui, n'en portait jamais. Ni le lundi ni le vendredi et encore moins le week-end.

Adolescent, Vincent voulait être différent de son père, le plus différent possible. Lui, il voulait faire comme Frank Sinatra. Et comme Sinatra, il était persuadé que personne ne manque de respect à un homme qui porte un costume trois pièces. Alors, comme Frank Sinatra il s'acheta avec sa première paye un costume trois pièces qui lui donna immédiatement l'impression d'être riche. On peut être riche sans un sou en poche. Il suffit d'avoir du style.

Son père ne pouvait pas comprendre ça. Il n'avait jamais pu le comprendre, trop occupé à travailler pour subvenir aux besoins de sa famille. Il partait tôt le matin et revenait tard le soir les mains recouvertes de cambouis. Salarié dans un garage depuis son arrivée d'Algérie, il se battait pour survivre. Survivre au racisme, à la pauvreté, aux humiliations. Survivre et sauver sa femme d'une lente dépression qui paraissait immuable.

Vincent, lui, ne serait jamais en dépression. Jamais ! Il ne reviendrait jamais du travail avec les mains noires et les idées plus noires encore. Jamais il ne laisserait personne l'humilier ou lui dire que son accent était l'accent d'un « sale pied-noir ! » D'ailleurs il n'aurait pas d'accent, il parlerait comme un vrai Parisien. Et puis il ne serait pas pied-noir, ni même algérien, il serait français. Uniquement et simplement français. Il ferait des études, de longues études, il ferait de grands sacrifices pour ne jamais manquer de rien, pour ne jamais compter sur personne, ni sur un voisin, ni sur un oncle, ni sur une tante, il ne compterait sur personne. Il aurait du pouvoir, le pouvoir de dire oui, de dire non. Il soignerait toutes ses blessures en devenant adulte, en devenant quelqu'un. Il serait un homme du grand monde, ou un grand homme dans le monde, il serait comme Sinatra, aussi puissant qu'élégant. Et il porterait un costume du lundi au vendredi et parfois même le week-end. C'est comme ça qu'il vivrait.

Et c'est comme ça qu'il mourrait.

On disait de lui qu'il était un bon vivant, qu'il aimait les belles choses, mais aujourd'hui tout ce qu'il avait pu acheter, collectionner, tous les costumes, toutes les chaussures, les montres et les voitures, tout cela ne lui servirait plus à rien. Il était là, allongé dans cette église où il faisait froid, et par terre, juste à côté de lui, au milieu d'une flaque de sang il y avait un couteau. Un couteau tranchant. Et juste un peu plus loin, à quelques centimètres, gisait une chaîne en or très fine cassée en deux, avec au bout un pendentif, une étoile de David.

– 2 –

VINCENT

Tout le monde au commissariat appelait le jeune officier qui avait découvert le corps de Vincent à l'église « le Russe ». Parce qu'il avait les joues rouges du matin au soir. Mais ce jour-là, peut-être parce qu'il voyait un cadavre pour la première fois, ses joues étaient plus rouges encore. Presque pourpres.

Il ne parvenait plus à détourner son regard. Terrifié par la vue du sang, par ce corps sans vie. Il se demandait où avait bien pu s'envoler l'âme de cet homme. Et avec cette question, tout un tas d'autres lui venaient à l'esprit. Des questions philosophiques, spirituelles et sans réponse.

Il se dit aussi que c'était étrange d'avoir trouvé une étoile de David dans une église, tout près d'un cadavre. Bien sûr il n'était pas un spécialiste de la question religieuse mais il lui semblait que dans les églises, habituellement, il y avait des croix, des crucifix, des représentations de Jésus ou de la Vierge Marie mais pas des étoiles de David. C'était étrange et en même temps un juif pouvait avoir envie de se promener dans une église sans que cela pose le moindre problème. Et un catholique pouvait avoir envie de porter une chaîne avec une étoile de David au bout sans que là non plus cela pose le moindre problème.

Le Russe ne tenait pas en place, il voulait tout voir, tout savoir, tout comprendre, mais il était encore un jeune officier de police et les jeunes officiers ne posent pas de questions. Ils suivent les procédures en attendant le prochain ordre.

*

Quand on demanda au prêtre s'il connaissait l'homme allongé par terre, il répondit que sa voix lui était plus familière que son visage.

Depuis quelques années, Vincent venait se confesser au moins une fois par semaine, le lundi en général. Il parlait, parlait beaucoup, et à force d'écouter ce flot de paroles presque ininterrompu, le prêtre avait fini par conclure que cet homme était un bon père. S'il devait résumer Vincent, c'est cela qu'il dirait : « Cet homme était un bon père. »

Vincent était fou de ses enfants. Il regardait chacune de ses filles avec le même amour, la même passion. Il les embrassait chaque matin et chaque soir avec la même tendresse. Au fil des années il était devenu un avocat redouté mais rien ne comptait plus pour lui que Lili et Mia. Rien n'avait plus d'importance que le temps passé avec elles. Un temps précieux où il ne répondait à aucun appel, à aucune sollicitation.

Il avait longtemps hésité avant de devenir père. Il n'était pas sûr, pas certain d'en avoir totalement envie. Il aimait bien sa vie avec Lisa. Ils étaient amoureux. Ils étaient bien avec leur égoïsme et leurs balades nocturnes dans les rues de la capitale. Ils étaient deux, ils étaient ensemble et c'était le plus important.

Et puis un soir, en regardant *Le Parrain* à la télévision pour la huit cent cinquantième fois, il s'est dit qu'il aimerait transmettre sa passion à un petit garçon ou à une petite fille qui lui ressemblerait. Il s'est dit qu'il avait envie de transmettre son amour pour le cinéma. Et son amour pour la musique aussi ; les chansons françaises et américaines. Il s'est dit qu'il avait envie de faire découvrir ce que lui avait découvert. Il s'est dit qu'il était temps, qu'il avait en lui suffisamment d'amour à donner. Et quelques mois plus tard Lili était née. Une petite fille à qui il parla du *Parrain* dès le troisième jour pour qu'elle comprenne bien que ce film-là était le plus grand chef-d'œuvre de l'Histoire. Juste devant *Citizen Kane*. Ou juste après.

Il fit attention, jour après jour, à ne pas lui transmettre ses névroses et ses peurs. Il voulait qu'elle soit comme lui, mais en mieux. Qu'elle soit elle.

Et il fit la même chose avec sa petite sœur quelques années plus tard. Il voulait les protéger du monde extérieur, les prévenir du danger, les rendre plus fortes, plus armées pour combattre les méchants du dehors, pour affronter les tempêtes à venir. Parce que dans la vie, aimait-il leur dire, il y a toujours des tempêtes à affronter, des vents contraires à braver.

Lui-même avait passé sa vie à se battre pour se faire une place, pour trouver sa place.

Vincent avait grandi en banlieue parisienne, seul enfant dans une famille juive traditionaliste. Ses parents mangeaient casher, faisaient la prière le vendredi soir, respectaient le shabbat, Pessah, Hanoukka, Tou Bichvat et quelques autres fêtes. Il y avait toujours quelque chose à fêter ; les fruits, les arbres, les lumières, la sortie d'Égypte, etc. Il y avait toujours quelque chose à fêter mais dans ces fêtes personne ne souriait jamais. Dans ces fêtes on ne s'amusait pas. Tout le monde parlait beaucoup mais les discussions n'étaient qu'un affrontement de monologues. Tout le monde parlait dans le seul but de se disputer. Se disputer sans jamais se fâcher. Ça parlait haut, ça parlait fort mais à la fin tout le monde repartait en s'embrassant.

Vincent, lui, était toujours un peu ailleurs. Il assistait aux débats, il écoutait les prières en hébreu sans rien comprendre, disait amen quand il fallait dire amen, merci quand il fallait dire merci. Et il mangeait. Il mangeait de merveilleux plats préparés par sa mère avec amour.

Manger le soir des fêtes était encore ce qu'il préférait. S'il n'avait pas eu la bouche pleine, c'est à ce moment-là qu'il aurait souri.

Il y avait des dizaines d'entrées différentes : salade de pommes de terre au cumin, salade de carottes piquantes, salade de tomates cuites et poivrons, navets, fèves, artichauts… Et puis le couscous, et puis les desserts au miel, et puis les fruits, et puis enfin le fenouil. Parce que le fenouil ça aide à digérer.

Qui était Vincent avant d'être un bon père ? Un bon fils ? Un bon élève ?

Tout au long de ses études il avait travaillé dur avec comme unique objectif d'obtenir son diplôme d'avocat.

Au début il voulait être avocat parce que les avocats portent des costumes, parfois même des costumes trois pièces. Il voulait être avocat comme dans les films américains, oubliant qu'il habitait dans le Val-de-Marne, à des milliers de kilomètres d'Hollywood.

Quand il est devenu avocat, Vincent n'a rien ressenti de particulier. Ni joie ni fierté ni même soulagement. Quand il a ouvert son propre cabinet après quelques années de pratique du droit, il ne s'est pas ému davantage. C'était normal. C'était son chemin. Mais son chemin vers quoi ? Vers où ? Voilà quel serait son travail le plus dur, le plus douloureux. Comprendre où il allait et pourquoi. Pourquoi il n'avait pas ressenti la moindre émotion en recevant son diplôme. Pourquoi il n'avait rien ressenti non plus en ouvrant son propre cabinet. Il aurait dû être joyeux, il aurait dû être fier ou même soulagé. Mais il n'avait rien ressenti. Il avait simplement fait la fête comme on faisait la fête dans sa famille, sans sourire.

*

Un soir, alors qu'il fumait une cigarette sur le balcon de l'appartement qu'il venait de s'offrir, un appartement situé au dernier étage d'un immeuble haussmannien et qui donnait à voir l'Arc de triomphe et des centaines de toits parisiens… Ce soir-là, alors que la femme qu'il aimait dormait dans leur lit et que ses deux petites filles avaient également trouvé le sommeil, il s'est dit qu'il n'était pas heureux. Toujours pas. Pas encore.

Il avait une vie confortable, très confortable, il avait tout et quand on a tout, on n'a pas le droit de se plaindre. Être malheureux quand on a tout c'est indécent. C'est obscène. Et d'ailleurs il n'était pas malheureux. Il lui manquait juste quelque chose. Il lui manquait l'essentiel sans doute. Pouvoir respirer. Il n'arrivait plus à respirer. Même sur un balcon. Même en observant de nuit l'Arc de triomphe et les centaines de toits parisiens qui s'offraient à lui.

Le sublime n'était pas vraiment sublime. Le merveilleux pas tout à fait merveilleux. Tout était plus ou moins bien, plus ou moins mal. Il n'y avait plus dans sa vie ni passion ni frisson.

Ce soir-là, avant d'écraser sa cigarette au sol, Vincent en a conclu que s'il n'était pas heureux dans ce magnifique appartement, avec une femme qu'il aimait dans son lit et deux merveilleuses petites filles sagement endormies dans la pièce d'à côté, il ne serait jamais heureux. Alors ce soir-là, il prit la plus belle décision de sa vie : il partit à la recherche du bonheur. Sans savoir bien sûr comment il ferait, quel chemin il emprunterait, mais en ayant la conviction que le bonheur c'est comme les études ; il faut travailler, travailler dur matin et soir, s'y consacrer entièrement, totalement, faire des efforts, avoir mal peut-être, avoir mal parfois. Il lui faudrait se remettre en question, tout remettre en question. Mais il était prêt pour ce combat. Et cette cigarette au sol fut la dernière qu'il alluma, la dernière qu'il écrasa.

Pour ses parents, aller voir un psy c'était impensable. Les psys c'est pour les fous, pour les gens malades, et eux n'étaient pas malades, eux ils étaient normaux, parfaitement normaux. Pourquoi parler à un inconnu quand on a un mari à qui parler ? Ou une femme ? Ou un frère ? Ou une sœur ? Ou un chien ? Et puis les inconnus, ils croient tout savoir mais ils ne savent rien. Aller voir un psy c'était l'inconnu et l'inconnu ça fait peur.

Alors Vincent est allé parler à quelqu'un, à quelqu'un qui saurait l'écouter, lui qui n'était pas malade, lui qui n'était pas fou. Quelqu'un qui saurait le guider peut-être dans sa quête de sens, qui l'écouterait parler sans jugement, sans condamnation immédiate.

Enfant, il avait appris à réfléchir de façon binaire. « Soit tu fais ça et c'est bien, soit tu ne le fais pas et c'est péché. » Sa pratique de la religion l'avait poussé à juger, à être jugé. En permanence. Il y avait le bien et le mal.

Aucune place pour la nuance. Il y avait le noir et le blanc, sans éventail de couleurs. Un peu comme dans les films. Si le héros tire sur le méchant ce n'est pas grave, il était méchant, il méritait de mourir. C'est binaire. C'est simple. Et c'est n'importe quoi.

Vincent était arrivé à un stade de sa vie où il ne voulait plus juger ni être jugé. Il voulait être libre. Il voulait progresser, progresser en tant qu'homme, en tant que mari, en tant que père.

Alors, presque par hasard il est entré dans l'église Saint-Étienne-du-Mont. Entrer dans cette église c'était un peu trahir ses parents, c'était un peu trahir sa culture et cela lui procura un sentiment de satisfaction. Il était tout à la fois honteux, gêné et excité à l'idée d'enfreindre un règlement qui n'avait jamais été clairement énoncé. Dans la famille de Vincent, depuis des générations sans doute, on n'entrait pas dans une l'église. C'était plus qu'une évidence : un acquis qui n'avait jamais été discuté. Eh bien Vincent, lui, était entré dans une église. Et il s'y était senti bien. Aussi bien que l'on puisse se sentir bien chez soi. Et cela n'avait rien à voir avec la religion. Il était juif. Et même s'il était entré dans une église et qu'il s'y était senti bien il continuerait à manger casher, il continuerait à fêter le shabbat, Pessah et Hanoukka.

Il était un juif dans une église et il n'avait aucune raison de culpabiliser pour ça. C'est ce que le prêtre lui a dit la première fois. La deuxième aussi. Et puis après ils n'en ont plus jamais parlé. Ce n'était plus un sujet.

Vincent attendait cette confession hebdomadaire avec impatience, avec envie. Lui qui n'avait jamais remis en question ses certitudes, lui qui courait pour ne pas tomber, commençait à trouver le calme et la paix dans cette église de la montagne Sainte-Geneviève.

C'était le début d'une renaissance.

Quelques années seulement avant sa mort.

Vincent ne s'était pas suicidé. Il n'avait aucune raison de le faire. Il n'était pas mort non plus d'une mort naturelle. Il était en parfaite santé. Vincent, ce jour-là, avait été assassiné. Il avait apparemment reçu un ou plusieurs coups de couteau dans le dos.

Pourquoi ? C'est la question que se posait le Russe en entrant dans le bar d'à côté, après cette longue soirée passée dans cette église où il faisait trop froid.

Alors, même s'il était encore un jeune officier et que les jeunes officiers ne posent pas de questions, lui il essaierait de savoir pourquoi. Pourquoi cet homme en costume bleu marine avait été assassiné.

– Il avait gagné au Loto ! lui dit le patron en lui apportant la pinte de bière qu'il avait commandée.

– Qui ?

– Pose pas de questions, j'en sais pas plus que ça. J'te dis juste que ton gars il avait gagné au Loto. Et pas une petite somme. Des millions. Il avait gagné des millions au Loto. C'était un chouette type. Il venait prendre son café ici de temps en temps. C'est con qu'il soit mort. Des millions… Il avait gagné des millions !

– 3 –

LISA

Comment annoncer à une femme que son mari est mort ? Et mort assassiné de surcroît. Comment lui dire que le père de ses enfants ne rentrera pas ce soir, ne rentrera plus jamais ? Comment lui dire et quels mots choisir ?

Il devait être dix-neuf heures quarante-cinq, il y avait du bois dans la cheminée, des guirlandes sur le sapin, et sur la table deux assiettes à demi-pleines que Lisa n'avait pas encore eu le temps de débarrasser.

Quelques secondes avant que son téléphone sonne, elle aidait la plus petite de ses filles à prendre sa douche, tandis que la plus grande dessinait dans sa chambre.

Lili adorait dessiner. Ou alors peut-être qu'elle aimait juste ça pour passer le temps, parce que dessiner c'était un peu mieux que jouer à la poupée. On colle parfois des étiquettes aux enfants, on donne des avis définitifs : « Elle, elle aime dessiner. » « Elle, elle est timide. » On se trompe avec certitude pour réparer nos frustrations. En fait, elle n'est pas timide, elle n'a peut-être simplement pas envie de parler. Et plus on dira qu'elle est timide, moins elle aura envie de parler !

Lisa était de ces mamans-là, de ces mamans qui espéraient en silence soigner leurs blessures grâce à leurs filles. Elle n'avait pas réussi à devenir actrice alors la petite Mia serait ce qu'elle n'avait pu être.

Le moindre détail, le plus petit des sourires lui donnait raison. Et qu'importe si Mia n'avait que trois ans. « Elle, elle sera actrice ! Regarde comme elle est drôle, elle fait rire toutes ses copines à la crèche. »

Lisa n'était pas très patiente quand elle était seule avec ses filles. Elle jouait la comédie de la mère parfaite mais chaque geste était un effort, chaque caresse lui coûtait. Et plus le temps passait plus elle étouffait. Et plus elle étouffait plus elle avait honte de ressentir ça. Elle s'en voulait, s'en voulait tellement. Elle aurait voulu, tellement voulu être comme les mamans à la télévision. Toujours belle, toujours mince, toujours heureuse.

Son appartement était parfaitement propre, parfaitement rangé, mais à l'intérieur d'elle c'était le chaos, un chaos permanent. Une voix lui criait quelque chose qu'elle ne parvenait pas à entendre.

Être mère au foyer c'est un sacerdoce, c'est une mission presque sacrée qui demande du temps, de la patience et un amour inconditionnel. Lisa avait parfois la sensation qu'elle n'aimait pas ses filles. Ou en tout cas pas tout le temps. Certains matins elle aurait simplement voulu retrouver l'insouciance et l'égoïsme de ses vingt ans. Elle aurait voulu regarder la télévision avachie sur le canapé ou se lever du lit à dix heures le matin, même à onze heures, sans entendre de l'autre côté de l'appartement une petite voix hurler : « Maman ! Maman ! »

Lisa n'était pas sûre d'avoir toujours les bons mots, toujours les bons gestes pour élever au mieux ses deux petites filles. Et puis, personne n'était là pour la voir jouer ce rôle ou pour l'applaudir. Au théâtre, quand elle avait joué *Bérénice,* les spectateurs s'étaient levés pour l'applaudir, on l'avait chaleureusement félicitée quand le rideau s'était baissé et elle avait pu sentir l'admiration dans les yeux de Vincent après la représentation.

Vincent ne la regardait plus avec admiration. Il ne la regardait presque plus. Ce qu'elle faisait était normal. Et jamais, jamais il ne l'applaudit dans le lit pour ce qu'elle avait accompli tout au long de sa journée.

C'était injuste et jamais elle n'avait pu aborder ce problème avec lui, parce que pour lui ce n'était pas un problème, pour lui c'était normal.

Il ne se rendait pas compte qu'il reproduisait le schéma de ses parents.

Les enfants ont trop de choses à reprocher à leurs parents pour voir la femme malheureuse qui se cache derrière la maman, l'homme fatigué derrière le papa.

*

Le téléphone a sonné.

Une première fois sans que Lisa puisse répondre.

À ce moment-là, elle enveloppait Mia d'une épaisse serviette blanche. Elle frottait, frottait pour la sécher, pour la réchauffer.

Et puis le téléphone a encore sonné. Une deuxième fois. À ce moment-là, elle était en train d'habiller Mia, d'abord la culotte, puis le bas de pyjama, puis le haut de pyjama. Dans la chambre d'à côté, Lili était en train de finir son dessin : une princesse avec des cheveux rouges.

Deux appels en absence venus d'un numéro inconnu. Et un message laissé. Un message vocal qu'elle écouterait plus tard. Ou alors non, qu'elle écouterait maintenant, maintenant que Mia était habillée et que Lili s'occupait sagement dans sa chambre.

Elle déverrouilla donc son smartphone, machinalement, comme elle le déverrouillait des dizaines de fois par jour. La reconnaissance faciale n'avait une fois encore pas fonctionné, alors elle entra son code et mit son téléphone près de son oreille. « Vous avez un nouveau message. Message reçu aujourd'hui à dix-neuf heures quarante-neuf. »

Quelques secondes. Il lui restait quelques secondes avant que sa vie bascule pour toujours vers un ailleurs plein de larmes et de douleur. Dans quelques secondes sa vie d'avant s'arrêterait, une nouvelle vie commencerait. Une nouvelle vie où tout serait pareil et totalement différent. Une vie où ses proches la consoleraient ou s'éloigneraient, parce que les gens s'éloignent parfois, s'éloignent le plus loin possible de la tristesse pour ne pas être contaminés. Pour certains, la tristesse c'est comme un virus, une maladie contagieuse.

Une voix masculine lui disait : « Rappelle-moi. » Ce qu'elle fit.

Au début Lisa n'a pas compris. Certains mots, certaines phrases n'atteignent pas directement le cerveau. Elles transpercent le cœur et puis le corps se fige.

– Lisa ? C'est Benjamin. Vincent est mort.

Lisa n'a pas compris. Pas tout de suite.

Elle posa quelques questions sans attendre de réponses. Des questions pour combler le silence, pour repousser le temps d'après.

– Mais quoi ? Qu'est-ce qu'il s'est passé ? C'est pas possible ! Benjamin ? Benjamin, dis-moi ce qu'il s'est passé !

– Ils ont retrouvé un couteau juste à côté de… Juste à côté de son corps. C'est tout ce que je sais Lisa. Je suis désolé.

Et puis, tandis que Benjamin ne pouvait retenir ses larmes, elle a raccroché. Elle a raccroché puis a posé son téléphone sur la table, délicatement, pour ne pas qu'il s'abîme. Elle s'est assise sur un des fauteuils du salon et elle n'a rien dit, n'a rien fait. Elle est restée là, assise, impassible, immobile. À cet instant précis elle ne pensait plus, ne pensait plus à rien. Le vide. Le vide le plus absolu. À cet instant précis il n'y avait plus rien.

« Maman ! Maman ! » La voix de Mia au loin brisa le silence. Elle se leva mécaniquement et dans le même élan prit sa plus petite fille par la main pour l'emmener dans son lit. Bien sûr il était tôt, bien trop tôt pour dormir, mais ce soir il fallait se coucher plus tôt parce que c'était comme ça.

Lili rangea ses feutres après avoir montré fièrement à sa mère la princesse aux cheveux rouges et puis elle se mit au lit, sans vraiment demander pourquoi. Elle n'avait pas sommeil, elle aurait bien mangé un dernier petit-suisse avant de dormir mais elle ne dit rien, ne posa aucune question. Les petites filles de onze ans comprennent certaines choses, parfois. Ce soir-là il y avait dans le « Bonne nuit mon amour » de sa maman quelque chose de différent. Elle ne savait pas quoi exactement mais ce n'était pas comme tous les autres soirs.

Lisa offrit à ses enfants, ses deux petites filles, une nuit en plus, une nuit supplémentaire avec leur papa vivant. Une nuit bien au chaud avant l'annonce glaciale du lendemain, une nuit avec des rêves de prince charmant avant les cauchemars du réel.

Lisa avait toujours eu le sentiment d'être une mauvaise mère, une mère indigne, mais cette nuit-là, elle n'a pas crié, elle n'a pas hurlé, elle a retenu ses larmes, elle a fait de son mieux pour tenir debout, pour ne pas tomber. Par amour pour ses filles. Pour protéger quelques heures encore leur naïveté d'enfant.

Lisa savait maintenant qu'elle n'était plus la femme de personne.

Lisa savait maintenant qu'elle était une mère.

Une bonne mère.

– 4 –

MARC

Quatre-vingt-trois millions d'euros. C'est la somme astronomique que Vincent et ses deux amis d'enfance avaient gagnée à l'EuroMillions.

83 millions d'euros.

Une somme presque irréelle. Impalpable.

*

– Allô ?

– Vincent ?

– Oui. Attends une seconde.

– Tu as regardé la télé ?

– Je suis en train de bosser Benji… Je te rappelle.

– Non non…

– Quoi « non non » ? ! Ça va ?

– Assieds-toi !
– Je suis assis.
– Alors lève-toi.
– T'es lourd !
– Vincent, je vais t'annoncer quelque chose qui va changer nos vies pour toujours.
– Quoi ?
– Je vais t'annoncer quelque chose qui va changer nos vies pour toujours !
– Tu l'as déjà dit, ça. Attends, ne quitte pas, j'ai Marc qui m'appelle. Je te reprends tout de suite.
– Vincent…

– Allô ?
– Vincent ?
– Marc ? Je suis en ligne avec Benji. Je te rappelle.
– On a gagné !

Qu'avait-il pu ressentir quand Marc lui avait annoncé la nouvelle ? Rien, en apparence. Il avait raccroché son téléphone et s'était remis à ses dossiers. C'était un jour comme un autre, au milieu d'une semaine comme une autre. Rien. Il n'avait rien ressenti.

Qu'avait-il pu ressentir quelques semaines plus tard en recevant la somme de vingt-sept millions et sept cent mille centimes sur son compte ?

Rien. Toujours rien. Ce qui commençait à légèrement l'inquiéter. Ne rien ressentir quand un tourbillon vous emporte, ce n'est pas normal, se disait-il lors de ses insomnies. Sa femme, elle, avait ressenti quelque chose. Elle était heureuse, impatiente, agitée, elle était vivante.

Vincent, lui, ne ressentait pas la moindre excitation.

Il allait parfois sur son application bancaire pour vérifier que tout était bien réel, mais la somme qui apparaissait lui semblait quasi fictive. Cette somme, presque indécente, était comme un mirage, une illusion qui bientôt disparaîtrait.

Un jour il se rendit dans les bureaux de sa banque. Il demanda à la guichetière de lui annoncer à haute voix et de façon distincte la somme qui apparaissait sur son compte. Il voulait l'entendre, il voulait que la voix de cette guichetière au regard vide résonne en lui et imprime son cerveau. Il voulait ressentir une émotion, un frisson. Il voulait que le bonheur l'emporte comme le bonheur l'emportait parfois quand il écoutait de la musique classique ou quand il regardait un grand film au cinéma. Il voulait ressentir de l'ivresse, de l'excitation, de l'envie, il voulait jouir mais il était froid, spectateur impuissant, incapable d'apprécier le sublime, le merveilleux, incapable de se projeter dans ce monde de demain dans lequel il avait déjà basculé.

Vincent avait tout prévu dans sa vie. Tout sauf ça.

Depuis sa plus tendre enfance, passionné par la justice, il savait qu'il deviendrait avocat. Il savait qu'il se marierait, qu'il aurait des enfants.

Vincent depuis tout petit savait où il voulait aller. Il connaissait la direction à suivre. Ces millions d'euros sur son compte l'avaient plongé dans l'inconnu, et l'inconnu était pour lui un gouffre, un trou sans fond.

*

Marc et Vincent se téléphonaient souvent depuis cette victoire. Plus souvent qu'avant. Et c'est Marc qui parlait, qui parlait encore et encore, et qui entre deux phrases hurlait : « On a gagné putain ! On a gagné ! » Le « putain » venant souligner que c'était quand même incroyable d'avoir gagné.

Pour lui c'était une victoire, une revanche sur toutes les défaites du passé. Il était bien décidé à profiter de tout cet argent, de tous ces possibles qui s'offraient enfin à lui. Il ne se refuserait rien.

Ni les voitures de luxe, ni les hôtels de luxe, ni les vêtements de luxe, ni rien qui pourrait s'associer avec le mot luxe.

Jusqu'ici Marc était agent immobilier. Sa carrière n'était pas tout à fait une réussite, pas encore un échec.

Persuadé depuis son plus jeune âge qu'on ne pouvait pas faire fortune en travaillant de neuf heures du matin à dix-sept heures dans un bureau, il avait passé le plus clair de son temps à élargir son « portefeuille de relations », comme il disait. Sans pour autant faire fortune. Il avait de grandes théories sur tout. Les hommes sont comme ci, les femmes sont comme ça, pour être aimé il faut faire ci, pour séduire il faut faire ça. Il avait de nombreuses certitudes qu'il offrait à qui voulait bien l'écouter. « Ceux qui font la queue ne peuvent pas réussir ! C'est mathématique ! Moi je ne fais jamais la queue ! Jamais ! » Et c'était vrai, il refusait d'attendre. Où que ce soit. Quels que soient la situation ou le contexte. Il n'allait jamais au supermarché, ni à La Poste. Ce qui lui posait quelques problèmes. Il empruntait des raccourcis, partout, tout le temps et avait fini par se perdre.

Marc était ce qu'on peut appeler un homme sociable. Toujours prêt à entraîner les autres, toujours présent pour ne pas que l'on remarque ses absences. C'est lui qui organisait les vacances entre amis, lui qui réservait le restaurant quand ils avaient faim, lui qui choisissait le bar quand ils avaient soif. Il ne vivait que pour ses amis ou presque. Cherchant leur bonheur pour ne pas avoir à se soucier du sien.

En couple depuis des années avec Caroline, une jeune femme presque mannequin, presque blogueuse, ni tout à fait mannequin ni tout à fait blogueuse, il avait toujours refusé de devenir père. Il n'était pas prêt. Pas encore prêt. C'était comme ça.

Pour ne plus avoir à se justifier, il avait accepté et validé l'adoption d'un petit chat. C'était sa concession, son pas vers elle. Ça dure longtemps la vie d'un chat, c'est une preuve d'engagement. Et Marc était engagé… jusqu'à un certain point. Jusqu'à une certaine limite. Il y avait des zones d'intimité à ne surtout pas franchir. Même après plusieurs années de vie commune. Ils habitaient ensemble, ils dormaient ensemble mais n'avaient qu'un seul jeu de clefs, qui se trouvait la grande majorité du temps dans la poche droite du pantalon de Marc.

Ce n'était ni un oubli ni de la paresse. C'était un choix stratégique. Un choix mûrement réfléchi. Caroline n'ayant que très rarement la clef était obligée d'appeler Marc avant de rentrer pour s'assurer qu'il était bien là. Ainsi, jamais elle ne débarquait à l'improviste chez eux, dans ce chez-eux qui était plutôt chez lui. Jamais elle ne le surprit dans les bras d'une autre. Jamais elle ne vit ce qu'elle ne voulait pas voir. Elle avait simplement envie de le croire.

Marc était infidèle mais l'infidélité n'avait jamais été un sujet pour lui, car pour lui l'homme était infidèle par nature, presque par défaut. Il justifiait ses écarts, ses excès, en citant les grands auteurs et certaines phrases sur les femmes que ces génies avaient pu commettre. C'est souvent ce que font les lâches. Se justifier en reprenant les mots d'un autre, c'est la façon la plus arrogante de ne pas assumer. C'est dire : « Je ne suis pas seul, d'autres pensent comme moi, d'autres l'ont fait avant moi. » Citer Rousseau, Balzac ou Guitry, c'était sa façon d'exister aux yeux des autres, aux yeux du monde, c'était sa façon de séduire.

Marc était un penseur qui pensait comme les autres, un dandy de seconde zone qui regrettait le Saint-Germain d'hier dans une boîte de la rive droite. Et tandis que Caroline maigrissait chaque année davantage pour rester belle à ses yeux, lui menait sa vie de presque célibataire sans trop se soucier des conséquences.

Caroline ne savait pas très bien quoi faire de sa vie alors elle ne faisait rien. Ou pas grand-chose. Ne rien faire ou pas grand-chose c'est encore le plus sûr moyen de ne pas échouer. Elle voulait une vie de vacances. Et Marc n'avait jamais rien fait pour l'encourager, ni dans un sens ni dans l'autre. Il faisait semblant de l'écouter, souvent, mais entre deux silences il prenait la fuite, il s'échappait, loin, très loin, le plus loin possible, abandonnant son appartement et la vie en commun pour rejoindre ses amis, un soir ici, un soir là-bas. Là-bas c'était toujours mieux, c'était ailleurs. Là-bas c'était la fête, l'insouciance, l'inconscience.

Il sortait toutes les nuits sauf le week-end. Il buvait beaucoup, fumait beaucoup, se droguait à l'occasion, et cela semblait lui convenir. Tout le monde a du talent la nuit. La nuit tout est faux mais tout brille. Il faut juste ne jamais se réveiller. Ou ne jamais s'endormir. La nuit on se croise, on se recroise, on se perd de vue, on titube, on se retrouve, et l'on raconte les mêmes histoires, les mêmes anecdotes, inlassablement, aux personnes que l'on croise et que l'on perdra de vue. Et tout le monde s'en fout ! Tout le monde oubliera ! La nuit c'est fait pour oublier, tout oublier. Seul le présent compte. Le futur c'est pour les petits, les étriqués, ceux qui ont peur, mais la nuit les hommes sont forts et les femmes sont belles. La nuit on rencontre des tas de gens, des tas de nouvelles personnes et pourtant ce sont toujours les mêmes. Les inconnus se disent bonsoir, se disent au revoir, échangeront quelques mots, quelques baisers mais resteront des inconnus.

La nuit peut durer des années pour qui veut repousser la gueule de bois. Mais voilà que le jour se lève et l'on n'a plus vingt ans. Nos amis sont devenus les enfants de nos amis, les éboueurs que l'on croise ne font plus attention à nous. On fait partie du paysage dans ce Paris désert. Ou alors nous sommes devenus des fantômes au teint gris. Ne plus avoir envie de vomir après avoir bu deux litres de vodka c'est un signe, un mauvais signe. On est de l'autre côté.

« Quarante ans c'est la vieillesse de la jeunesse », se lamentait Marc en citant Victor Hugo. Alors, il repoussait avec toute l'énergie du monde cette vieillesse qui approchait. Demain il y aurait une autre fête, une autre inconnue à rencontrer, un nouvel ami à qui mentir. Mais pour l'instant, alors qu'il errait dans cette rue du XVIe arrondissement qui n'en finissait pas de mourir, il lui fallait retrouver ses clefs.

Rien dans la poche droite.

Rien dans la poche gauche.

Ah oui bien sûr, c'était Caroline qui avait les clefs, pour une fois ! Et à cette heure-ci Caroline devait dormir paisiblement… ou alors elle devait dormir tout court parce que les femmes ne dorment jamais paisiblement quand l'homme qu'elles aiment est dehors à cinq heures du matin.

Dans un effort presque surhumain il commanda un taxi qui l'amena directement boulevard de Grenelle, à l'adresse où se trouvait l'agence immobilière dans laquelle il travaillait.

Marc était un homme d'une grande élégance et pour ne pas réveiller Caroline il ne rentra pas chez lui ce matin-là. Il pouvait bien faire ça pour elle.

Il s'enferma dans son bureau et s'assoupit quelques heures. Il traîna sa peine et sa mauvaise odeur toute la journée jusqu'au soir. Jusqu'à ce que l'horloge indique vingt et une heures et cinq minutes. Jusqu'à ce que l'animateur à la télévision annonce le tirage de l'EuroMillions.

– On a gagné putain ! On a gagné !!

Rien ne serait plus jamais comme avant. Le cauchemar pouvait commencer.

– 5 –

SEPTEMBRE 2020

– Mon père, pardonnez-moi parce que j'ai péché.

» Je n'aime plus ma femme. Enfin… C'est un peu compliqué. Je l'aime encore. Je l'aimerai toute ma vie je crois mais je ne peux pas continuer comme ça. Je ne peux pas. Ça va mal finir. Ou alors peut-être que c'est déjà fini. Je ne sais pas.

» Je crois qu'elle voit quelqu'un.

» Et ça me tue.

» J'ai l'impression que… Vous m'écoutez ? J'ai l'impression qu'elle s'éloigne de moi. Jour après jour. Je ne sais pas quoi faire. Je ne sais plus quoi lui dire.

» C'est une bonne mère vous savez. Vraiment. Elle s'occupe bien de Lili. Lili c'est la plus grande, vous vous souvenez ? Elles arrivent à avoir de vraies discussions toutes les deux. Parfois quand je rentre je les surprends en train de rire. C'est… Je n'ai pas de mots. Ça me bouleverse. Mais elle, elle a l'impression de tout mal faire, ou de tout faire mal. C'est la même chose, non ? Je ne sais pas pourquoi elle ressent ça. Elle a cette impression. J'essaie de la rassurer, j'essaie de lui dire qu'elle se trompe mais elle ne m'écoute pas. Je crois que c'est depuis la naissance de Mia. Mia c'est notre petit bébé. Elle est tellement belle. C'est une merveille cette petite.

» Je crois que ma femme n'est pas heureuse et… Je ne sais pas quoi faire. On ne peut pas rendre quelqu'un heureux. C'est ce que j'ai appris. On peut y contribuer, on peut l'aider mais chacun est responsable de son bonheur. Je me sens impuissant, mon père. Il faut que vous m'aidiez.

» Vous savez, si je viens vous voir c'est parce que… Enfin… Je viens parce que j'aime être ici, j'aime vous parler, j'en ai besoin… Mais j'ai voulu venir aujourd'hui parce que je crois que c'est fini. Je crois que c'est la fin.

» Ce matin avant que je parte elle m'a dit : “Il faut qu'on parle.” Et quand une femme dit à son mari : “Il faut qu'on parle” c'est qu'il n'y a plus grand-chose à se dire. Et c'est la même chose quand un homme dit ça à sa femme…

Mais c'est plus rare. Les hommes quittent rarement j'ai l'impression ; ils se laissent quitter. Les femmes sont plus courageuses, ou plus cruelles. Je ne sais pas. Qu'est-ce que vous en pensez ? Moi je ne sais plus. Enfin si je sais. Je ne suis pas très clair. Ce que je veux dire c'est que… Elle me manque. Elle me manque même quand elle est là, juste à côté de moi. Et je pense que je lui manque aussi. Quand elle me regarde ce n'est plus moi qu'elle voit, c'est un autre je crois. Elle trouve que je suis sec, distant, je la trouve sèche et distante. On se reproche les mêmes choses sans plus jamais se mettre d'accord.

» Être en couple c'est se dire : "Je peux tomber malade, quelqu'un sera là pour me tenir debout." Mais si je tombe aujourd'hui elle me laissera tomber j'en suis sûr. Elle ne m'aime plus. Je crois même que je la dégoûte.

» Je suis désolé de vous parler de ça mais on ne fait plus l'amour. C'est peut-être de ma faute, je ne sais pas. Je la désire pourtant, je la désire toujours autant mais on ne se touche plus. On s'évite. On se frôle. Le soir je suis fatigué, le matin je suis pressé. J'ai l'impression qu'elle s'échappe. Vous croyez qu'elle voit quelqu'un ?

» Quand je suis rentré chez moi l'autre jour il y avait deux dessous-de-verre sur la table basse alors qu'elle m'avait dit avoir passé l'après-midi toute seule. Mais elle ment, elle ment c'est une certitude, il y avait deux dessous-de-verre. Elle a bu une tasse de thé avec quelqu'un !

» Je n'ai rien dit. Elle pense que je suis trop jaloux alors je n'ai rien dit. Et elle non plus. On a tous les deux fait comme si. On a tous les deux fait semblant. Mais je sais. Et elle sait que je sais. C'est terrible mon père.

» Elle veut parler ce soir mais moi je n'ai pas envie d'entendre certaines choses, certaines phrases. Je devrais l'embrasser. On ne s'embrasse plus ou alors mécaniquement, de temps en temps. Je devrais rentrer ce soir et l'embrasser. On pourrait aller dîner dehors. Tous les deux. Rien que tous les deux. Je vais appeler la baby-sitter.

» Je l'aime tellement mon père. Je l'aime tellement que je n'arrive plus à le lui dire.

– Mon fils….

Le prêtre à qui il s'adressait, toujours le même, avait fini par accepter ce genre de confession qui n'en était pas une. Car enfin, quand on se confesse on avoue ses péchés, on ne raconte pas sa vie ! Mais à la longue, et vu l'assiduité de Vincent, il avait compris qu'en dévoilant ses pensées et ses tourments, Vincent cherchait quelque chose dans cette religion qui n'était pas la sienne. Quelque chose qui ne relèverait pas du jugement mais de l'espoir.

Et de l'amour aussi. Surtout. Pour le prêtre de l'église Saint-Étienne-du-Mont, Vincent, sans le savoir, recherchait le Dieu du Christ.

Mais ce jour-là, vraiment, Vincent s'égarait. Un prêtre n'est pas un conseiller conjugal ! Alors le confesseur, épuisé, décida simplement de lui donner l'absolution, même si aucun péché n'avait été avoué.

– Ça me fait du bien de vous parler, reprit Vincent. Ça me calme un peu. C'est vrai, je le pense, ça me fait beaucoup de bien. Mettre des mots sur ce que je ressens… Je n'avais jamais fait ça avant de vous rencontrer.

– Que Dieu notre Père vous montre sa miséricorde ; par la mort et la résurrection de Son Fils, il a réconcilié le monde avec Lui et il a envoyé l'Esprit saint pour la rémission des péchés ; par le ministère de l'Église, qu'Il vous donne le pardon et la paix. Et moi, au nom du Père et du Fils et du Saint-Esprit, je vous pardonne vos péchés.

– Amen.

– Non, il ne faut pas dire amen.

– Pardon. Je fais de mon mieux vous savez, je fais de mon mieux pour être bon, pour être gentil avec elle, mais parfois je suis agressif, en colère, sur les nerfs. Je ne sais même pas pourquoi. Tout va bien dans ma vie mais je ne peux pas m'empêcher parfois de tout gâcher. C'est plus fort que moi.

– Mon fils… Votre acte de contrition à présent.

– Pardon. Je parle un peu trop. Mon Dieu, j'ai un très grand regret de Vous avoir offensé, car Vous êtes infiniment bon, infiniment aimable et que le péché Vous déplaît. Je prends la ferme résolution, avec le secours de Votre Sainte Grâce, de ne plus Vous offenser et de faire pénitence.

– Au revoir mon fils.

– Au revoir mon père. Mon père… Juste une dernière question… C'est important. J'aimerais bien… J'aimerais bien avoir votre avis… Vous croyez qu'elle voit quelqu'un ?

– 6 –

BENJAMIN

Quand le Russe discuta avec Lisa la première fois c'était chez elle, dans cet appartement qui n'était plus un appartement familial mais l'appartement d'une veuve, d'une femme dont le mari venait d'être assassiné, d'une femme qui était seule à présent, seule avec ses deux enfants. Elle lui avait proposé un café, il avait simplement répondu « non merci » de sa voix mal assurée. Et, tandis que ses collègues enchaînaient méthodiquement les questions, lui s'était éloigné, parcourant de part en part cet endroit qui lui paraissait si vaste, si vide, sans âme. C'était un magnifique appartement mais tout lui semblait triste, tout lui semblait gris alors que le soleil transperçait ici et là les rideaux des grandes baies vitrées.

Il n'osa pas s'aventurer dans la chambre parentale, ni dans la chambre des enfants. Il longeait les couloirs sans trop lever les yeux, presque apeuré. Il ne savait ni ce qu'il cherchait ni s'il y avait quelque chose à trouver mais il s'arrêta dans la cuisine.

C'était une cuisine classique où tout semblait à sa place, où tout était propre et bien rangé.

La fenêtre était entrouverte, un vent frais parcourait la pièce, faisant vaciller les quelques papiers posés sur la table et qui ne demandaient qu'à s'envoler.

Il fit couler le robinet puis se servit un verre. Presque honteux. Dans son éducation on ne faisait jamais rien sans demander la permission, pas même se servir un verre d'eau. Mais les circonstances étaient telles qu'il se voyait mal interrompre l'interrogatoire pour une si futile requête. Il s'était absenté sans que personne ne remarque son absence, parce que personne ne remarquait jamais vraiment sa présence. Il accompagnait. Le Russe était un accompagnateur.

Il avait donc bien réfléchi au problème et trouvé une solution décente : il boirait son verre, puis le rangerait à sa place sans que personne ne soit au courant de son impolitesse.

Pour lui ce n'était pas un simple verre d'eau, c'était une façon de se dépasser, une manière d'affronter son enfance.

En remplissant son verre d'une eau tiède et calcaire il fixa une photo sur le frigo. Une photo en couleurs et légèrement abîmée.

Il y avait des dizaines de photos sur ce frigo : des photos des filles, des photos d'elle, des photos de lui, des photos d'elle et lui ensemble, souriant devant l'objectif. Tout le monde sourit devant l'objectif. Tout le temps. Ou presque. On ne prend jamais de photos des mauvais moments. Les mauvais moments sont à la poubelle, dans une corbeille. On choisit nos souvenirs. On modifie les teintes et les couleurs, on met un filtre pour que les sourires soient plus éclatants encore. Vincent, Lisa et leurs enfants avaient l'air heureux.

Et puis il y avait cette photo qui pour une obscure raison attira presque immédiatement son attention. Un cliché de lui avec ses amis, un cliché pris sur le vif, sans pose artificielle, sans rire forcé. Une photo spéciale parce que totalement banale. Un souvenir qui ne disait ni l'année, ni la saison, ni l'heure du soir ou du matin, mais qui traduisait le plus simplement du monde une amitié sincère.

Il y avait Vincent, debout au centre, pantalon sombre et chemise blanche, en train de parler avec ses mains à Marc, qui, dans un grand éclat de rire, s'appuyait contre un autre homme, lui aussi en train de rire.

Cet homme c'était Benjamin.

Le troisième ami.

Le troisième homme à avoir gagné au Loto.

*

Benjamin était un homme en colère qui ne criait jamais.

Il était celui qui venait du milieu le plus modeste. Et, peut-être pour ne pas trahir sa condition première, il conserva cette modestie financière pendant quelque temps après avoir gagné son gros lot. Quand Vincent et Marc eurent leur première voiture, lui prenait encore le métro. Ou alors il marchait, se rendant à pied d'un endroit à l'autre. C'était son sport quotidien. Sa façon à lui d'être différent. Avec le temps, il s'était fait à l'idée que l'on ne change pas de caste. On naît pauvre, on meurt pauvre.

Il avait, en quelques années seulement, essayé différents métiers avec le même désintérêt : commercial, serveur, vendeur, et même agent de sécurité à la Cité des sciences (ce qui, pour un garçon de son gabarit, pesant à peine soixante-douze kilos et n'ayant jamais pratiqué le moindre art martial, pouvait apparaître comme une idée légèrement saugrenue).

Il était, pensait-il, victime du système. C'était la faute de ces petits boulots qui ne lui correspondaient pas, la faute de ses parents, de leur éducation, c'était la faute du pays, de la conjoncture, la faute des femmes, la faute des autres. Toujours. Quel que soit l'autre.

Complaisant avec ses échecs, il avait appris, au fil du temps, à aimer la défaite. Peut-être même pensait-il que c'était génétique. Il était né pour perdre.

Et puis un jour il a gagné. Sans avoir rien fait de particulier. Ce n'est pas lui qui avait choisi les numéros gagnants. Ce n'est pas lui non plus qui, des années plus tôt, avait eu l'idée de jouer au Loto toutes les semaines. Il n'avait fait que suivre le mouvement. Machinalement. Parce qu'il n'avait pas grand-chose d'autre à faire.

Mais à présent tout serait différent, pensait-il. Maintenant il allait changer de caste, changer de vie. Ou plutôt sa vie pouvait enfin commencer, lui qui jusqu'alors n'avait fait qu'attendre. Il allait rattraper le temps perdu. Il allait se venger, profiter, sortir, sortir encore et encore, profiter jusqu'à l'ivresse, jusqu'à l'abandon total.

Avec Marc ils prolongeaient la nuit jusqu'au lendemain, fuyant la lumière du jour pour des néons multicolores.

Mais la vie nocturne c'est comme tout. On ne plonge pas dedans sans entraînement, sans y être préparé. Marc avait l'habitude. Pas Benjamin.

Alors Benjamin s'est perdu.

Il a plongé la tête la première sans réfléchir. Sans avoir la moindre envie de réfléchir. Il était venu chercher le bonheur dans ces évasions sans issue, il n'y avait trouvé qu'une détresse lancinante. Une longue fatigue que l'on traite à coups de vodka.

Au fond, Benjamin n'aimait pas la vodka. Ni avec du jus de pomme ni avec du RedBull et encore moins quand elle était servie pure. Benjamin n'aimait ni l'alcool, ni les cigarettes, ni la drogue. Il faisait semblant devant les autres, semblant d'être à sa place, mais il était encore pauvre malgré tout l'argent qu'il dépensait. Il était mal à l'aise, mal dans sa peau. Il était lui, désespérément lui.

Il déménagea dans un appartement plus grand, trop grand pour lui.

Ses livres, dans son petit huit mètres carrés, prenaient toute la place. Il y en avait un peu partout jusque dans la salle de bains. Quand il emménagea quelques années plus tard dans un studio de trente-cinq mètres carrés tout était beaucoup plus harmonieux. Sa bibliothèque était pleine et tout y était compartimenté, rangé avec le plus grand soin. Romans français avec romans français, littérature étrangère, BD pour enfants, mangas pour adultes, essais sur le cinéma, sur le théâtre. Il avait passé des heures à tout ranger pour que tout soit parfait, mais tout s'écroula quand il s'offrit ce grand appartement de cent trente mètres carrés avenue de Wagram. Ses livres, comme perdus dans l'immensité de cet appartement bourgeois, ne remplissaient pas même la moitié de la sublime bibliothèque italienne qui se tenait fièrement dans le salon. Il lui fallut en acheter d'autres, beaucoup d'autres, des livres qu'il n'avait pas lus et ne lirait probablement jamais. Des livres avec lesquels il n'aurait pas la moindre histoire. Des livres pour le remplissage, pour faire joli. Des livres de décoration.

Benjamin cherchait de nouveaux horizons mais, bien malgré lui, il ne cessait de se replonger dans ce passé qui ne le laisserait jamais vraiment tranquille. Il relisait encore et encore les mêmes livres, les autobiographies d'Elia Kazan ou de Kirk Douglas, la déclaration d'amour d'Albert Cohen à sa mère, les pièces de Miller et de Williams.

Il aimait feuilleter les pages abîmées par le temps, jaunies, écornées, tachées de café ou de jus d'orange. Les mots stabilobossés lui rappelaient le temps d'hier, ce temps où bien que malheureux il avait encore quelque espoir de bonheur.

L'envie d'entrer dans un cercle, les espoirs de la vie d'après sont bien plus forts, bien plus puissants que la satisfaction une fois que l'on y est.

Quand on attend dans la file d'attente d'une boîte de nuit, un samedi du mois de janvier, quand on attend dans le froid, les mains gelées, entouré d'une vague de parfum et que l'on se rapproche fébrilement d'un videur dont le métier semble être celui de nous dire non, quand on attend et qu'on s'imagine ce que sera notre soirée à l'intérieur une fois que l'on aura descendu ces marches qui nous mèneront vers un pays magique où tout sera possible et enivrant… Cette attente-là, ce frisson que l'on ressent en imaginant la rencontre à venir sont évidemment bien supérieurs au plaisir que l'on éprouvera une fois que le videur aura hoché positivement la tête pour nous laisser passer.

Une fois à l'intérieur, le pays en bas des marches n'a rien de magique, c'est une pièce rectangulaire où le sol accroche les chaussures, où la musique est si forte qu'elle en devient inaudible et où la seule rencontre que l'on fera sera celle d'une inconnue dont on pourra à peine distinguer le visage.

Dans une boîte de nuit, même en hurlant personne ne nous entend, alors on regarde les autres faire semblant de s'amuser, on regarde les frimeurs dépenser sans penser au lendemain et les allumeuses en talons hauts donner le change en oubliant que c'est l'hiver dehors, qu'il fait froid, et que cette jupe est décidément trop courte et trop légère pour une nuit de janvier à Paris.

C'est bien d'avoir des rêves, aussi petits soient-ils. Benjamin rêvait de pouvoir entrer sans problème dans une boîte de nuit, il rêvait d'être un de ces frimeurs qui dépense son argent entouré de profiteuses dont il profiterait et qui s'exhiberaient pour lui en jupe courte et hauts talons. Benjamin a été déçu le jour où il a compris qu'il ne serait jamais un frimeur et que jamais il ne pourrait profiter des profiteuses.

Une nuit, alors qu'ils étaient en train de ne rien fêter avec Marc dans un célèbre établissement de l'avenue Montaigne et que leur table était couverte de bouteilles de champagne comme le sont presque toutes les tables des hommes qui n'ont rien à fêter dans les boîtes de nuit, une jolie blonde s'approcha de lui et lui susurra quelques mots à l'oreille. Des mots que bien sûr il n'entendit pas. Alors ils sortirent, l'un après l'autre, rejouant une scène vue des millions de fois dans toutes les villes du monde.

Elle était blonde, les cheveux au carré, et son sourire aguicheur envoyait un message clair. La discussion ne serait qu'une formalité avant qu'ils partent tous deux vers l'appartement de Benjamin. Un appartement qui finirait d'achever l'admiration que la belle lui portait déjà.

Elle le regardait avec envie, ce qui l'énervait presque. Il ne pouvait comprendre ce qu'elle aimait tant, elle qui ne connaissait rien de lui. Ne voyait-elle pas ses dents si mal alignées ? Ne voyait-elle pas les rides qui s'étaient formées au coin de ses yeux à force de trop les plisser pour voir ce qu'un myope ne peut pas voir ?

Bien sûr que non, elle ne pouvait rien voir de tout ça !

Premièrement parce qu'il faisait nuit et que la nuit on ne voit pas ce genre de chose.

Deuxièmement parce qu'il était déjà très tard ou trop tôt et qu'elle avait probablement trop bu.

Et enfin, troisièmement, parce que Benjamin avait porté pendant de longs mois un appareil qui avait modifié et embelli sa dentition. Une dentition nouvelle qui l'autorisait à sourire enfin, lui qui ne souriait jamais. Il avait également effectué une opération des yeux pour soigner sa myopie et ne plus porter ces lunettes qui lui emprisonnaient la vue et lui donnaient l'impression d'être un petit garçon sage.

La fille au carré ne pouvait pas voir ce qui n'était plus, ce qui n'existait plus.

Benjamin aurait bien voulu que l'ancien Benjamin plaise à cette fille de la nuit mais il n'avait que le nouveau à offrir. Et le nouveau ne portait pas de lunettes, n'avait pas besoin de plisser les yeux pour voir et pouvait séduire en souriant.

Au cours de cette discussion qui n'en finissait pas et qui venait pourtant de commencer, il apprit qu'elle était fiancée, qu'elle était amoureuse d'un autre mais que ce n'était pas grave, pas si grave, parce que ce qui se passe à Vegas reste à Vegas, même quand on est avenue Montaigne. Et puis la nuit c'est différent, la nuit est une aventure où les aventures n'ont pas de conséquences, où les adultères ne sont pas des tromperies mais des parenthèses. Et puis, lui avait-elle dit du bout de ses lèvres refaites : « On n'a qu'une vie. »

Benjamin ne voulait pas de cette vie-là, alors, au lieu de la prendre par la main, au lieu de l'embrasser fougueusement, au lieu de lui donner ce qu'elle attendait, il ne put s'empêcher de lui faire la morale. Argumentant point par point le fond de sa pensée, énonçant avec véhémence les raisons qui devraient la pousser à ne pas faire ça, à ne surtout pas faire ça à cet homme qu'il ne connaissait pas mais qui devait l'attendre avec inquiétude dans leur lit commun.

La séduction avait totalement disparu.

Presque immédiatement.

Elle le regardait maintenant avec consternation. Pour qui se prenait-il, cet homme dont elle avait déjà oublié le prénom ?

Elle se crispa, son visage déjà figé se figea davantage. Et soudain elle eut froid, soudain elle eut envie de rentrer, elle eut envie de fuir cet idiot et ses stupides leçons de morale. La nuit n'est pas faite pour être raisonnable ! La nuit n'est pas faite pour écouter les gens raisonnables et leurs stupides leçons de morale ! Tout ce qu'elle voulait, elle, c'était baiser. Baiser avec cet inconnu qui lui plaisait avant de retrouver l'homme qu'elle aimait au petit matin. Qu'y avait-il de mal dans tout ça ? Rien ! Alors pourquoi venait-il la ramener à la réalité ? La nuit est une aventure, pensa-t-elle en abandonnant l'idiot seul sur le trottoir. La vie est une aventure. Champagne !

Ce qu'il voulait, lui, c'était le grand amour et c'est à plus de trente-cinq ans qu'il le comprit. Et cette révélation fut douloureuse. Car que faisait-il, depuis qu'il avait gagné au Loto, pour chercher l'amour ? Il se perdait dans des soirées sans âme, où chacun faisait son numéro, son petit numéro d'esbroufe, où l'obscurité camouflait les visages blasés et marqués par l'alcool, et où chacun cherchait l'oubli plutôt que le grand amour. Pendant des années, il avait couru après quelque chose qui n'avait finalement aucun intérêt : le besoin d'occuper son temps libre, coûte que coûte.

*

Ce besoin-là venait d'une frustration adolescente. Benjamin avait passé la plupart de ses samedis soir devant la télévision. Solitaire et sans argent de poche, il avait fait de Thierry Ardisson son meilleur ami et enrichi sa culture en regardant « Tout le monde en parle ».

Il avait seize ou dix-sept ans, l'âge où la jeunesse est un pouvoir, où les week-ends sont trop courts et les nuits pleines d'imprudences. Pour lui tout était trop long, beaucoup trop long, interminable.

Dès le vendredi soir il se demandait ce qu'il pourrait bien faire, comment occuper son temps. Et cela l'occupait jusqu'à ce qu'il trouve le sommeil.

Le lendemain, l'émission d'Ardisson commençait vers vingt-trois heures et se terminait à deux heures du matin. Il fallait trouver quoi faire avant, quoi faire après. Alors il dormait. Beaucoup. Il se levait à onze heures. Faisait une sieste entre quatorze heures et seize heures. Et il regardait par la fenêtre le reste du temps. Rêvant d'un ailleurs, espérant que les lendemains seraient moins gris. Parce que dans cette adolescence qui n'en finissait pas, il avait l'impression d'un ciel toujours gris. Opaque. Une vie au ralenti. Une vie pour rien. Il suffoquait. Le vendredi, le samedi et le dimanche. Et tous les jours de la semaine. Il étouffait. Jusqu'au jour de ses dix-huit ans et à l'entrée en terminale au lycée Édouard-Branly, à Nogent-sur-Marne.

Quittant la banlieue parisienne pour une autre banlieue parisienne, sa famille et lui avaient fui ce 91 qu'il haïssait tant pour le 94. Le Val-de-Marne, ce n'est pas encore tout à fait Paris mais il se rapprochait. Pas à pas. La frontière n'était plus si loin et cet exil sonnait comme un nouveau départ, une chance d'échapper à cette médiocrité qu'il trimbalait un peu partout avec lui.

Dès le premier jour dans sa nouvelle école il croisa le regard de Vincent, puis celui de Marc, qui déjà étaient l'un à côté de l'autre, assis dans cette classe semblable à mille autres et pourtant tout à fait unique. Une classe qui allait tout changer pour eux.

Après quelques semaines, sans se projeter davantage, il s'était juste dit que c'était bien d'avoir enfin des gens à qui parler, avec qui sortir après les cours. Il avait l'impression de les connaître, de se reconnaître en eux. Ils avaient les mêmes envies, le même désir d'un ailleurs. Ils parlaient le même langage, riaient des mêmes choses, se moquaient des mêmes gens. Ils étaient ensemble. Unis. Ils étaient amis.

*

Mince ! Il y a quelqu'un d'autre sur la photo ! Là, en arrière-plan, un peu flou, un peu à l'écart. Il y a Vincent, Marc, Benjamin et un autre jeune homme. Le même jeune homme qui souriait en noir et blanc sur une des photos accrochées au mur dans le salon.

– Je peux vous aider ?

C'était la deuxième question que posait Lisa au Russe et cette fois-ci il ne répondrait pas : « Non merci. »

Elle l'avait interrompu dans ses pensées mais ce n'était pas grave, elle était chez elle et chez elle, elle avait le droit d'interrompre n'importe qui, quel qu'il soit, quel que soit le fond de sa pensée.

Il détourna un instant les yeux de la photo pour la regarder. La regarder pour la première fois. Et pour la première fois il se dit que cette femme était une très belle femme. Alors, comme tous les timides devant une très belle femme, il baissa la tête.

– Je me suis servi un verre d'eau.

– Pardon ?

– Je me suis servi un verre d'eau. Je suis désolé.

– Vous cherchez quelque chose ?

– Qui c'est ? demanda-t-il maladroitement, presque agressif.

– Qui ?

– Lui, sur la photo. En arrière-plan.

– Il s'appelle Jeremy.

– Oui ?

– Oui quoi ? Qu'est-ce que vous voulez savoir ? Est-ce que vous pourriez vous éloigner du frigo, j'aimerais me servir un verre.

– D'accord. Pardon.

– Si vous voulez de l'eau, il y a de l'eau minérale juste là, lui dit-elle en ouvrant la porte du frigo. Elle est fraîche. Et il y a moins de calcaire.

– Merci.

– Vous voulez un verre ?

– Non merci.

– C'est le quatrième de la bande.

– Qui ?

– Jeremy. C'est le quatrième de la bande.

– Ils étaient quatre amis d'enfance ?

– Ils se sont connus au lycée, oui.

– Et ils ont gagné à l'EuroMillions tous les quatre ?

– Non. Venez avec moi je vais vous montrer quelque chose.

Le Russe suivit alors Lisa dans le couloir qui menait à la chambre du fond. Il remarqua le parquet qui était en point de Hongrie et les moulures au plafond. C'était un sublime appartement, décoré avec beaucoup de goût. « C'est sûrement elle qui a tout fait », pensa-t-il. Mais pourquoi donc pensait-il ça ? Il n'en savait rien. Il ne connaissait rien d'elle. C'était peut-être son mari qui avait tout décoré. Ou peut-être avaient-ils acheté l'appartement comme ça. Peu importe, cela n'avait pas la moindre importance.

Une fois dans la chambre du fond Lisa lui tendit un album photo.

– Tenez, cela pourra peut-être vous aider.

– Merci. Je vais transmettre ça à mes supérieurs.

– Qu'est-ce que vous faites ?

– Rien.

– Et pourquoi vous ne faites rien ?

– Qu'est-ce que je devrais faire à votre avis ?

– Je ne sais pas. Vous pourriez feuilleter cet album ou quitter cette pièce ou faire ce que vous voulez mais faire quelque chose. Parce que là, vous restez debout, devant moi, c'est un peu étrange.

– Pardon. Alors je… Je vais y aller. Je vous remercie pour les photos.

– On les a prises le jour où chacun a récupéré son chèque. Et on les a fait imprimer, comme avant, quand on mettait les photos dans des albums. On voulait que ce souvenir soit palpable. À l'époque, il y a quinze, vingt ans, c'était bien, c'était mieux. Le virtuel ça manque un peu de charme.

– Il y a… Il y a ce garçon sur les photos ? Celui qui était en arrière-plan.

– Jeremy.

– Oui, Jeremy.

– Il n'était pas là ce jour-là. Ce n'était pas facile pour lui, je crois. Je ne sais pas. Il avait arrêté de jouer avec eux… Il avait arrêté de jouer peu de temps avant. Un an ou un an et demi peut-être. Ce n'était pas facile pour lui.

– 7 –

LE RUSSE

« Si tu veux rendre service à quelqu'un il ne faut pas lui acheter du poisson, il faut lui apprendre à pêcher. »

Cette phrase était là, inscrire depuis plusieurs semaines sur un mur entre une publicité pour un site de rencontres et une affiche de cinéma dans un des couloirs du métro de la ligne 6. Un couloir que le Russe empruntait chaque jour et qui lui permettait de rejoindre un autre couloir qui lui permettait de rejoindre un escalier qu'il devait monter pour sortir avenue du Général-Leclerc dans le xive arrondissement de Paris.

Il aimait bien cette phrase, il aimait bien la lire et réfléchir à sa signification. Pour certains c'était un graffiti de trop, pour lui c'était un moment de presque poésie avant le pilotage automatique de ses soirées.

Il était dix-huit heures quarante-cinq. Qu'allait-il faire après sa journée de travail ? La même chose qu'hier. La même chose que demain.

Une fois dehors il se rendrait au Monoprix pour y acheter son repas du soir. Toujours le même repas. Un sachet de riz qu'il devait réchauffer au micro-ondes pendant deux minutes. Deux minutes et pas une seconde de plus ou de moins. Il alternait entre le riz nature et le riz à la tomate. Avec une très nette préférence pour le riz à la tomate. Il achetait également un paquet d'amandes contenant des amandes mais aussi des cacahouètes et des noix de cajou.

C'était son repas.

Cinq jours sur sept.

Le week-end il prenait du temps pour une cuisine plus saine, plus inventive : des pâtes. Penne ou spaghetti, qu'il faisait cuire dans une eau très légèrement salée. Dans le même temps, mais dans une autre casserole, il faisait chauffer un coulis de tomates dans lequel il ajoutait une cuillerée d'huile d'olive ainsi qu'un morceau de sucre. Il était très fier de ce morceau de sucre. C'était sa trouvaille, son invention, et cela rendait le coulis moins amer.

Le Russe avait fini par aimer cette routine culinaire. Du moins c'est ce qu'il croyait.

18 h 51.

En arrivant chez lui ce soir-là, il mit le sachet de riz dans le micro-ondes avant de s'asseoir sur le canapé. Sans même prendre le temps de retirer son manteau, il ouvrit le paquet d'amandes qu'il commença à déguster en allumant la télévision. Chaîne 21. La seule chaîne qu'il regardait vraiment. Une chaîne qui parlait de sport, uniquement de sport, et de football en très large majorité.

Le Russe adorait le football. Alors il regardait pendant des heures des spécialistes discutant très gravement de sujets pas très graves. Dans les émissions de débat, quel que soit le sujet, personne n'exprime jamais vraiment sa position. Le but n'est pas de convaincre l'autre puisque l'autre n'a pas la moindre envie d'être convaincu. Il faut simplement crier un peu plus haut, un peu plus fort et faire de grands gestes de désapprobation quand l'autre a la parole. Il y en a qui lèvent les yeux au ciel, d'autres qui utilisent l'ironie comme arme de déstabilisation. Il y a ceux qui coupent la parole ou font de l'humour, il y a ceux qui s'emportent, bafouillent, bégayent, il y a les prétentieux, les faux modestes, ils sont tous différents et pourtant tout à fait les mêmes. Ils sont contre. Contre en permanence. Dans ces émissions, il faut absolument être contre même quand on n'a pas d'avis. Être contre pour ne surtout pas être pour. Il ne faut jamais être pour. Jamais être d'accord. Même quand on est d'accord.

Son émission préférée étant diffusée une première fois de vingt-deux heures trente à minuit puis rediffusée toute la nuit jusqu'au petit matin, il lui arrivait parfois de la regarder plusieurs fois. Le même débat revenait en boucle, encore et encore. « Le PSG remportera-t-il un jour la Ligue des Champions ? » Et la réponse était la même à vingt-trois heures, une heure ou trois heures du matin.

Cette émission l'aidait à s'endormir, pensait-il lors de ses nombreuses et interminables nuits d'insomnie.

Il était maintenant vingt heures cinquante-huit, une émission spéciale consacrée aux courses de caisses à savon venait de prendre fin. Il avait terminé les amandes, les cacahouètes, le sachet de riz à la tomate et avait pour dessert mangé la moitié d'un paquet de cookies industriels.

Il était assis, la télévision éteinte, le ventre plein et la tête vide.

Il était fatigué.

À vingt et une heures quatorze il prit une douche, puis il se brossa les dents et parce qu'il n'avait rien d'autre à faire il se mit au lit, essayant de trouver un sommeil qui ne viendrait pas.

21 h 36.

Quand on est allongé dans son lit les yeux grands ouverts, les secondes sont des minutes, les minutes sont des heures.

Il regardait le plafond, se tournait d'un côté puis de l'autre. Il se posait des questions, des tas de questions, la plupart sans réponse. Pourquoi était-il devenu policier ? Pourquoi avait-il fait ce choix ? Était-ce un choix ?

Les nuits d'insomnie sont faites pour fantasmer, pour espérer, mais il ne faut surtout pas se poser des questions qui pourraient tout remettre en question. La nuit, la moindre interrogation de ce type prend des proportions épouvantables et l'on passe très vite, en une fraction de seconde, de « Pourquoi je suis devenu policier ? » à « Est-ce que je ne suis pas en train de rater ma vie ? »

22 h 22.

Il repensait encore à la journée qu'il venait de passer. Encore et encore. Il pouvait s'égarer quelques secondes, quelques minutes, il revenait toujours au même point : il repensait à cet appartement haussmannien, à cet homme qui était mort assassiné, à cette femme qui l'impressionnait un peu, à ces photos qu'il avait vues, à cet ami qui était passé tout près d'une immense somme d'argent.

Qui était cet ami ?

Cette question l'obséda de nombreuses minutes. Il n'y avait plus dans son esprit la moindre place pour aucune autre digression. Le parcours de ses pensées avait pris fin avec cette question. Qui était cet ami ?

Le Russe quitta son lit puis sa chambre pour faire les cent pas dans la salle à manger. Il marchait de long en large, de gauche à droite, grattant machinalement son menton et les quelques poils de barbe qui s'y trouvaient.

Qui était Jeremy ? Il essayait de reconstituer les différents éléments, les différentes informations qui lui étaient parvenus tout au long de la journée.

Bientôt la salle à manger fut trop petite et les pas qu'il faisait trop grands. Il enfila un pantalon, un pull, prit le manteau qui n'avait pas quitté le canapé et il sortit de cet appartement qui avait fini par l'oppresser. Une fois dehors il put respirer. Enfin. Il prit une grande inspiration et marcha d'un pas rapide vers la rue Daguerre, une rue piétonne, à cette heure-ci vide de voitures et sans le moindre piéton. Tout au bout de cette rue il tourna à droite sur l'avenue du Maine, puis, quelques centaines de mètres plus loin encore à droite, rue de la Gaîté. Il aimait bien ce chemin, il l'empruntait de temps en temps, la nuit le plus souvent et presque toujours à pied.

C'était une autre routine. Une habitude qu'il avait prise quand il avait besoin de réfléchir.

Autrefois pleine de vie, très bruyante, incandescente, la rue de la Gaîté était aujourd'hui une rue presque morte. Les bars étaient toujours à moitié vides, les sex-shops avaient presque tous mis la clef sous la porte et les théâtres n'affichaient plus « Complet » depuis longtemps. La rue de la Gaîté, qui n'avait plus de gai que le nom, était en train de mourir petit à petit sans que personne n'y prête la moindre attention.

Souvent le Russe marchait dans cette rue avec le secret espoir que le hasard lui réserve une belle surprise. Il attendait quelque chose, un signe du destin. Il espérait que les choses changent mais rien ne changeait vraiment. Rien ne lui arrivait jamais lorsqu'il marchait, seul, dans ce quartier désert. Il marchait puis il rentrait chez lui. Voilà tout. Il marchait puis il rentrait chez lui. Encore et encore. À chaque fois. Nuit après nuit. Sortie après sortie. Il était un promeneur de plus dans une ville qui en comptait des millions. Un solitaire qui avait fini par croire qu'après tout il aimait bien la solitude.

23 h 42.

Assis sur un banc devant l'église Saint-Sulpice, le Russe repensait encore à cette affaire qui l'obsédait un peu malgré lui. Pourquoi ? Pourquoi y pensait-il comme ça ? Peut-être parce qu'il n'avait à penser à rien d'autre. Peut-être parce que cette affaire résonnait pour lui d'une façon tout à fait particulière. Peut-être parce qu'il avait envie de revoir cette femme… Cette femme qui venait tout juste de perdre son mari.

C'est à elle qu'il pensait.

Il luttait. Il faisait de son mieux pour divaguer, pour s'échapper, mais c'est elle qui revenait dans son esprit. Inlassablement. C'est son visage, son regard, son corps tout entier qu'il essayait de fuir avec cette marche nocturne.

Elle s'appelait Lisa. Elle était mère de famille. Et veuve. C'est tout ce qu'il savait d'elle. Ou presque.

0 h 26.

Retour dans le lit.

Il ne s'était, une fois encore, absolument rien passé sur le chemin. Il avait marché. Il s'était arrêté place Saint-Sulpice et puis il était rentré.

Il alluma la télé. Chaîne 21. Rediffusion de « L'Équipe du soir ».

3 h 17.

Nouvelle rediffusion de « L'Équipe du soir ».

Le Russe s'était endormi. Enfin.

6 heures.

Le téléphone sonna. Une première fois. Puis une seconde.

– Allô ? Oui ? Bonjour chef. Oui oui… Oui, bien sûr. Quoi ? Non. Enfin si… Je… oui oui je lui ai parlé hier. On a parlé. Chez elle. Enfin… Chez la victime. Oui, on a parlé de… Oui oui c'est ça. Jeremy. Elle ne m'a pas dit son nom de famille. Juste Jeremy. Oui exactement. C'était un ami d'enfance. Quoi ? Où ? Où est-ce qu'il a disparu ? Oui pardon, c'est une question bête, s'il a disparu c'est que vous ne savez pas où il a disparu. Je n'ai pas beaucoup dormi, je n'ai pas les idées très claires. Oui… Oui… Je vais prendre un café. Enfin… Je n'aime pas beaucoup le café mais… D'accord. Oui oui d'accord. J'arrive tout de suite.

– 8 –

JEREMY

Qui était Jeremy ? Qui était cet homme qui avait soudain disparu après le meurtre de son meilleur ami ?

Il était le plus gentil de la bande, le plus serviable. Peut-être par défaut, peut-être parce que c'était son emploi, son rôle et qu'il n'avait rien d'autre à offrir.

Marié pendant de longues années avec une femme qu'il avait rencontrée au lycée, il avait toujours été sérieux, très sérieux. Trop sérieux. Presque adulte avant ses vingt ans.

Il s'était laissé porter, tout au long de sa vie, par ce que voulaient ses parents, ce que voulait sa femme, ce que voulait la société. Ni acteur ni spectateur, il nageait au milieu des eaux tempérées.

Sa femme était médecin, un bon médecin. Lui était cadre, un bon cadre dans une moyenne entreprise. Une carrière faite de petits hauts et de petits bas. Une carrière stable, sans risque majeur. Sans danger. Jeremy était cadre. Et cela lui déplaisait un peu.

À l'âge de trente ans, il avait failli tout quitter, tout plaquer. Il rêvait alors d'ouvrir un restaurant italien. Mais peut-on ouvrir un restaurant italien quand on n'est ni restaurateur ni italien ? Il avait fini par se rendre à l'évidence, et l'évidence c'était que non, on ne pouvait décemment pas ouvrir un restaurant italien quand on n'est ni restaurateur ni italien. Sa femme l'avait convaincu de cela. Ses parents aussi. La société tout entière l'avait rappelé à l'évidence. Il y a un âge où les rêves d'enfance hantent les nuits et disparaissent au petit jour.

Jeremy avait des tocs. Des tocs par dizaines. Des tocs quotidiens depuis sa plus tendre adolescence.

En général les personnes qui ont de tocs sont presque toutes un peu maniaques, un peu obsessionnelles. Elles veulent que tout se passe exactement comme elles l'ont décidé, elles sont les capitaines d'un bateau où elles sont seules. Elles ont leurs propres règles qu'elles sont les seules à devoir appliquer. Jeremy n'était ni maniaque ni obsessionnel. Il avait juste des tocs et ne cherchait pas à savoir pourquoi. Il avait appris à vivre avec et cela posait quelques problèmes à son entourage le plus proche.

Ainsi, il lui fallait au moins vingt minutes pour sortir de chez lui. Vingt minutes, juste le temps de vérifier plusieurs fois que tout était bien éteint, que la porte était bien fermée. Sa femme en avait un peu assez d'attendre vingt minutes par jour, depuis quinze ans, que cette fichue porte soit enfin fermée.

Jeremy ne faisait rien ou presque pour inverser le cours de sa vie, pour modifier ce qui ne lui plaisait pas, ce qui ne lui plaisait plus. Il se laissait porter, il se laissait couler et pourtant, au milieu de cette longue et triste apathie, il passait de longues minutes à placer ses chaussures les unes à côté des autres dans le seul but qu'elles soient parfaitement alignées.

Et puis un jour il prit la pire décision qu'il pouvait prendre. Une décision qui changea à tout jamais le cours de sa vie.

Il décida de ne plus jouer au Loto avec ses amis. C'était peu après que sa femme était tombée enceinte. C'était en hiver.

Il avait pris cette décision parce qu'il n'avait plus le temps, plus le temps pour ça, plus l'envie peut-être. Il venait d'acheter un appartement, il avait de nouveaux crédits, de futures responsabilités, il allait devenir père et les pères n'ont plus de temps à perdre quand ils ont dépassé la trentaine. Il avait choisi de sacrifier cette tradition d'un autre temps qu'il trouvait maintenant un peu puérile.

Les quatre amis n'avaient jamais gagné de façon significative et ce qui n'était en fait qu'un prétexte pour se voir et s'amuser commençait à ne plus vraiment l'amuser, lui.

Que restait-il de leur amitié après tout ce temps, après toutes ces années ?

La bande du lycée avait laissé place à une bande de trentenaires où chacun de son côté avait changé, évolué. Il y avait beaucoup de non-dits, beaucoup de secrets, trop de secrets, trop de mensonges, de rancœur, de lassitude aussi.

Jeremy était un ami fatigué.

Un an et sept petits mois plus tard, Vincent, Marc et Benjamin gagnèrent la somme colossale de quatre-vingt-trois millions d'euros.

Quatre-vingt-trois millions, un chiffre qui ne cesserait dès lors de le hanter.

Comment se réjouir pour ses amis ? Comment ne pas être envieux, jaloux, aigri ou frustré ? Comment vivre avec le bonheur des autres ?

Ses meilleurs amis, ses amis de toujours avaient gagné sans lui. Lui qui avait pris la décision d'abandonner trop tôt, trop vite. Toute sa vie serait désormais liée à cette stupide décision prise un jour d'hiver. Chacun de ses gestes, chacune de ses humeurs serait la conséquence directe ou indirecte de cette victoire qui n'était pas la sienne.

*

Un jour Vincent, Marc et Benjamin s'étaient associés pour lui offrir une voiture. Une Audi. « Une Audi comme lot de consolation, avait-il pensé. Seulement une Audi alors qu'on a joué ensemble tous les vendredis pendant des années ! Même pas une Mercedes ou une Porsche ! Non, une Audi. Juste une Audi ! »

Pourquoi une telle révolte ? Jeremy détestait conduire alors qu'aurait-il bien pu faire avec une Porsche ?

En fait, cette victoire l'avait plongé dans un cauchemar dont il ne pourrait jamais se réveiller. Dorénavant il vivrait en comparaison, en opposition aux autres, à ces autres qui étaient autrefois ses plus proches amis et qu'il ne pouvait plus aimer. Il devait jouer la comédie. Jouer en permanence. Devant sa femme, devant eux, rester digne, digne en toute circonstance et sourire et ne pas pleurer, ne surtout pas pleurer. Il devait retenir ses larmes quoi qu'il lui en coûte, quoi qu'il arrive.

Tout à la fois dans la fête et totalement en dehors, Jeremy était en train d'imploser.

Il aurait tellement voulu être heureux, content pour eux, simplement content pour eux, mais cela lui était impossible. Il n'y arrivait pas. C'était trop dur, trop douloureux. Leurs victoires le ramenaient constamment à ses propres défaites. Il était celui qui avait perdu. Ou plutôt qui n'avait pas gagné. Ce qui est pire encore.

C'était simple. C'était cruel.

Il était Pete Best quittant les Beatles avant qu'ils ne deviennent les Beatles. Il avait abandonné un peu trop tôt, un peu trop vite. Et rien n'y personne ne pourrait réparer ça.

Lorsque Vincent acheta une sublime maison à Trouville, Jeremy ne put s'empêcher d'être en colère. « Il n'a pas besoin d'acheter cette maison ! Il déteste la Normandie ! J'ai l'impression qu'il fait ça pour me provoquer ! Il dépense des millions d'euros uniquement pour me provoquer », avait-il dit à sa femme. Et c'était vrai, Vincent n'avait jamais aimé la Normandie. Il n'aimait ni les plages normandes ni le climat normand. Mais il était maintenant libre d'acheter une magnifique et très grande maison où bon lui semblait. Il était libre. Marc était libre. Benjamin aussi.

Jeremy, lui, était cadre. Un bon petit cadre dans une moyenne entreprise.

Quelques mois plus tard une dispute éclata.

*

Ce n'était pas la première bien sûr mais cette dispute-là était différente. Il y avait des années de rancœur dans chacun des mots qui furent prononcés.

Il était cinq heures du matin et les quatre amis se trouvaient alors dans l'appartement en travaux que Marc venait d'acheter. Benjamin était en train de préparer des pâtes. Des pâtes comme ils en mangeaient toujours après leurs nuits d'ivresse, avec un peu d'huile d'olive et beaucoup d'emmenthal au-dessus.

Jeremy avait passé une mauvaise soirée.

Pour impressionner ses amis, il avait tout payé : le restaurant, les digestifs, les bouteilles en boîte de nuit, il avait payé chacune des additions pour une facture totale d'au moins deux mille euros. Il avait fait cela pour leur prouver qu'il était à leur niveau et même un peu meilleur qu'eux, pour leur prouver que lui aussi avait réussi, que lui aussi pouvait payer, même quand c'était cher, même quand c'était hors de prix. Il avait tout payé pour se prouver, surtout, qu'il n'était pas un raté. Qu'il n'avait pas tout raté.

Cela n'avait rien changé, bien sûr, sa colère n'avait pas disparu en payant ces quelques factures. Il avait l'alcool mauvais et tout ce qu'il observait maintenant lui paraissait insupportable. Assis sur une chaise, il luttait pour ne pas tomber et sa haine grandissait. La vodka alourdissait son corps et modifiait sa vision des choses. Il aurait voulu partir, s'échapper loin de tout ça mais il était déjà trop tard. Le corps lourd, il se leva, tituba jusqu'au frigo à la recherche de quelque chose. Marc était en train de mettre la table comme on met la table à cinq heures du matin après une soirée de fête. Vincent parlait avec emphase comme souvent, Benjamin ne répondait plus grand-chose et Jeremy, lui, ne trouvait pas ce qu'il cherchait. De la truffe. Il cherchait de la truffe.

Vincent, Marc et Benjamin commencèrent à manger pour combler une faim qui n'était liée qu'à une surdose d'alcool. Autrefois, ce moment était pour eux le meilleur moment de la nuit. Celui où les rires étouffaient la fatigue, où chacune des histoires semblait passionnante, où les espoirs prenaient le pas sur les regrets, où le présent écrasait passé et futur. Autrefois ce repas était une fête plus grande encore que la fête. Il y avait des confidences, des secrets qui ne se révèlent qu'au petit jour et de grandes déclarations d'amour, bien sûr. « Je t'aime, tu es comme mon frère. » « L'amitié c'est plus fort que l'amour ! »

Autrefois ils étaient bien ensemble, c'était le temps de la bohème, des petits riens, des plats de pâtes à l'huile d'olive plus appétissantes qu'un repas étoilé.

Cette nuit-là il n'y avait pas beaucoup d'éclats de rire. Il y avait trois trentenaires trop occupés à manger pour se parler et un autre du même âge à la recherche d'une truffe.

– Je peux savoir ce que tu fais ? demanda Vincent.

– Tu ne sais pas s'il y a de la truffe ?

– Mais j'en sais rien ! C'est pas chez moi, ici. Viens t'asseoir avec nous, ça va refroidir.

– Depuis quand est-ce que tu aimes la truffe, toi ? demanda Marc entre deux bouchées.

– Mais laisse-le tranquille, il fait ce qu'il veut, lui répondit Benjamin qui avait presque déjà terminé son plat.

– Moi je déteste ça ! C'est trop fort.

– Ça dépend.

– Mais non.

– Mais non quoi ? Bien sûr que si, ça dépend ! Les omelettes aux truffes, par exemple, c'est magnifique.

– Tu veux te faire une omelette aux truffes ?

– Ah voilà j'ai trouvé !

Jeremy avait enfin trouvé ce qu'il cherchait. Il se mit à table et commença à couper la truffe à l'aide d'un couteau tranchant. Beaucoup de truffe. Beaucoup, beaucoup de truffe. De la truffe jusqu'à l'écœurement.

– Je peux savoir pourquoi tu fais ça ? lui demanda Vincent qui ne reçut pour seule réponse qu'un petit sourire en coin. Jeremy faisait ça parce qu'il était fatigué, parce qu'il avait trop bu, parce qu'il avait faim, parce que, ayant payé le restaurant à vingt heures et les bouteilles d'alcool à minuit, il exigeait plus, il exigeait mieux que des pâtes à l'huile d'olive avec de l'emmenthal au-dessus. Il méritait mieux que ça. Il méritait des pâtes aux truffes !

Vincent, toujours prompt à donner des leçons, surtout lorsqu'il avait quelques grammes d'alcool dans le sang, reprocha son attitude à cet ami qui bientôt n'en serait plus tout à fait un. Jeremy était en colère. Vincent était furieux que Jeremy soit en colère, alors le ton, très rapidement, se mit à monter entre les deux puis entre les trois, puis entre les quatre, cette truffe devenant le prétexte pour se dire les choses, pour tout mettre à plat ou pour tout faire exploser.

– Si tu veux des pâtes aux truffes fais les choses bien au moins ! Il faut couper la truffe en fines lamelles avec un rasoir à truffe ! Regarde ce que tu as fait ? Ça c'est un couteau pour la viande ! Tu as coupé des tranches énormes ! C'est n'importe quoi ! Ça va être écœurant !

Jeremy ? Tu m'écoutes ? On ne coupe pas la truffe comme ça ! Ça n'a aucun sens !

Jeremy lui répondit qu'il avait bien le droit de faire ce qu'il voulait, même si ce qu'il voulait n'avait aucun sens. Il hurlait qu'il était libre. Libre. Libre de ne jamais plus voir ces trois personnes qui à présent empoisonnaient son existence. Plus tout à fait familiers, pas encore étrangers, ils n'étaient plus pour lui qu'un poison dans les veines. Un chuchotement quotidien dans l'oreille, un souffle insupportable qui semblait lui répéter : « Tu as tout raté. Tu as tout raté. Tu as tout raté. » Jeremy était passé à côté de la grande vie et il le savait. Et cela le rendait fou. Fou de colère. Fou de tristesse.

Alors, Jeremy rassembla toute l'énergie qui lui restait et quitta cet appartement en travaux qui lui rappelait avec force que même Marc, même lui, avait désormais les moyens de faire des travaux. Une fois dans la rue il marcha d'un pas rapide, le pas le plus rapide possible pour s'éloigner de cet appartement, de cet immeuble, de ce quartier, de ces amis. Il prit la fuite sans se retourner, sans même avoir terminé son plat de pâtes aux truffes, et jamais plus il ne donna la moindre nouvelle.

*

– Jeremy et moi nous ne sommes plus ensemble, vous savez.

– Pardon ? demanda le commissaire de police qui s'était personnellement déplacé pour interroger Aude, la femme de Jeremy.

– Il est parti il y a… Je ne sais plus très bien…

– C'est lui qui vous a quittée ?

– Oui. Il avait rencontré quelqu'un je crois. Ou alors il l'a rencontrée après moi, je ne sais pas. On ne se parle plus. Je ne sais pas où il est, je ne sais pas ce qu'il fait.

– Vous saviez qu'il avait quitté son travail ?

– Non.

– Il a donné sa démission.

– Ah…

– Vous ne savez pas où il a pu aller ?

– Non.

– Vous êtes sûre ?

– Je n'en ai pas la moindre idée, je suis désolée.

Jeremy avait donc disparu. Il avait quitté ses amis, puis sa femme, puis son travail et personne ne savait maintenant où il était. Jeremy n'était plus un bon cadre dans une moyenne entreprise. Jeremy était à présent le principal suspect dans une affaire criminelle.

– 9 –

L'ANNÉE DU BAC

Il y avait une photo.

Vincent, Marc, Jeremy et Benjamin sur un terrain de football. Sur ce cliché retrouvé dans un autre album que Lisa avait donné au Russe, les quatre garçons avaient dix-huit ans tout au plus. C'était l'année du bac. La dernière année du lycée. Ils avaient l'air heureux. C'était une autre époque, un autre temps.

Aucun d'eux n'était particulièrement doué pour le foot mais chacun occupait sur le terrain une place stratégique. Vincent était meneur de jeu, Marc attaquant, Jeremy en défense et Benjamin remplaçant. Assis sur le banc de touche, il regardait ses camarades de classe jouer sans lui.

À la fin du match leur professeur d'EPS avait pris cette photo, sans doute à la demande d'un élève voulant conserver un souvenir de ce match oubliable qui leur semblait à tous inoubliable.

C'était en 2001. En novembre 2001, à Nogent-sur-Marne.

Nogent-sur-Marne, une petite ville calme et sans histoires du Val-de-Marne, à quelques kilomètres de Paris.

À Nogent-sur-Marne il n'y a rien ou pas grand-chose. Il y a de petites maisons et c'est à peu près tout. C'est une ville où il y a des maisons et des écoles. Où les habitants n'ont pas spécialement peur, pas spécialement faim, pas spécialement envie d'ailleurs. C'est une ville où il fait bon vivre et bon mourir. D'ailleurs, vivre à Nogent c'est déjà un peu mourir, c'est une petite mort. C'est un entre-deux. Ni cité dangereuse ni cité bourgeoise, pas spécialement laide pas spécialement belle, c'est une ville pareille à mille autres.

Le 1er ou le 2 septembre ce fut la rentrée des classes comme tous les ans à la même date. Vincent et Marc, pour la troisième année consécutive, se retrouvaient ensemble. Ils étaient les meilleurs amis du monde et aux yeux de tous, ce duo ne formait qu'un. Une seule et même parole, une seule et même vision de la vie.

Pour eux, dans la vie, ceux qui faisaient la queue ne pouvaient pas réussir. Et pourtant, eux faisaient la queue partout, tout le temps. Dans les supermarchés, à La Poste, à la cantine. Partout. Tout le temps.

Ils s'imaginaient petits caïds dans un film de Scorsese, les rues de Nogent remplaçant les rues du Bronx. Ils inventaient leurs propres règles, leurs propres codes. Ils étaient impatients, pressés d'en découdre, insolents avec leurs professeurs qui n'étaient pour eux que de simples professeurs coincés dans une ville, dans un lycée qu'ils ne quitteraient jamais. Ils étaient pleins d'assurance et leurs rêves les portaient bien loin de cette petite banlieue parisienne. Ils avaient du charme et parce qu'ils avaient du charme beaucoup leur pardonnaient ce stupide sentiment de supériorité. Surtout Vincent, qui plaisait aux femmes. Et aux hommes. Qui plaisait à tout le monde ou presque et qui dans un sourire emportait l'adhésion.

Le premier jour Jeremy était venu leur parler. Il se trouvait juste devant eux dans la salle de classe. Il s'était retourné pour demander une feuille ou un stylo et c'était parti. Instantanément. Ce fut le début de l'aventure.

Dans la même semaine, Benjamin, timidement les avait rejoints. Il était le plus discret, le plus en retrait mais il était là, il avait trouvé sa place dans ce groupe, dans un groupe, et c'était pour lui l'essentiel. Il était celui qui était en retrait. C'était son rôle. Sa fonction. Être discret.

*

Quelques jours plus tard, quelques jours après cette rentrée des classes, le monde s'était arrêté. Des millions de téléspectateurs avaient regardé avec effroi des images qui ne sortiraient jamais de leur tête. C'était le 11 septembre, c'était le début des chaînes d'information, c'était le monde d'avant qui basculait dans le monde d'après. La Terre s'embrasait un peu partout sauf à Nogent-sur-Marne. Rien ne semblait pouvoir perturber cette petite ville calme et sans histoire. Pas même l'effondrement des tours jumelles.

Il y avait bien eu une minute de silence dans la plupart des écoles de la ville et quelques professeurs en avaient parlé avec leurs élèves mais c'était tout ou presque. L'Amérique c'était loin, l'Amérique c'était ailleurs.

Et puis, il y avait bien d'autres sujets de conversation. C'était les débuts du « Loft » et de la « Star Academy », la téléréalité faisait alors ses premiers pas et dans les cours d'école comme dans les bureaux tout le monde ne s'intéressait plus qu'à ce phénomène de société qui bientôt deviendrait la norme. C'était le vide, le vide le plus absolu, et ce vide remplissait tout l'espace.

À la radio on écoutait Alicia Keys, Eminem et Dido, au cinéma c'était *Le Fabuleux Destin d'Amélie Poulain, Le Seigneur des anneaux* et *Mulholland Drive*. C'était un temps où les iPod et les iPad n'existaient pas encore, un temps où les jeunes passaient des heures à la Fnac ou au Virgin Megastore. C'était le temps d'avant Netflix où l'on regardait les films à la télévision deux ans après leur sortie au cinéma. C'était un temps où il fallait attendre et où l'attente générait du désir, de l'envie, des fantasmes.

C'était avant Facebook et Instagram, avant les smartphones, avant les applications de rencontre, les Tinder, les Happn. C'était en 2001 et Vincent venait d'avoir dix-huit ans. C'était l'année de la terminale, l'année du bac, la fin du lycée et les adieux à l'adolescence.

Vincent était prêt, impatient. Il avait l'impression que la Terre s'embrasait mais que sur sa planète à lui, rien ne se passait. Il se sentait mis à l'écart des tempêtes extérieures. Il se sentait protégé, surprotégé alors que lui ne rêvait que d'action. C'était le mois de novembre 2001, deux petits mois seulement après l'attaque du 11 septembre, et tandis que sa ville restait silencieuse et apathique, lui aurait bien voulu partir en guerre contre le terrorisme, partir seul, seul contre tous.

Il était scandalisé par les différentes polémiques nées à ce moment-là. Ce n'était pas encore le moment de la guerre en Irak et de l'antiaméricanisme primaire, mais c'était déjà le temps des premières questions alors que les blessures étaient encore vives. C'était le moment des théories du complot, le temps des doutes que s'autorisaient même ses professeurs.

L'un d'eux, dont la spécialité était l'histoire-géographie, refusait d'évoquer le sujet tout en glissant ici et là, lors de ses cours, de subtiles allusions au fait que peut-être l'Amérique elle-même avait organisé cet attentat.

Il s'appelait Jean-Christophe Valentin, il avait à cette époque-là quarante-deux ans mais il en faisait dix de plus. Ou peut-être même vingt. Il était aussi caricatural que peuvent l'être les professeurs parfois. Il lui restait encore quelques cheveux ici et là, il avait de petites lunettes et de grandes poches sous les yeux. Il marchait le dos voûté parce qu'il ne laçait jamais ses chaussures. Ou en tout cas il les laçait d'une façon telle que les lacets se défaisaient constamment. Monsieur Valentin préférait marcher avec difficulté toute la journée plutôt que s'arrêter pendant trente secondes pour nouer ses lacets. Il ne prenait pas le temps. Ni pour ça ni pour rien d'autre.

Il était de ces personnes qui perdent leur temps à force de ne pas le prendre. Il avait l'air triste et malheureux et tout au fond de lui il éprouvait le besoin que ses élèves ressentent ce que lui ressentait.

Un jour, alors que Marc et Vincent discutaient au fond de la salle de classe, il dit à Marc sans raison apparente que jamais il ne réussirait l'examen à la fin de l'année. Il n'aurait, selon lui, ni le bac ni aucun autre diplôme. Il finirait sa vie comme éboueur tout au mieux. Il finirait seul et sans rien. Il finirait mal. C'était ses mots, ses certitudes, stupides certitudes assenées sans penser aux conséquences. Monsieur Valentin, que tout le monde appelait Valentin en oubliant qu'il avait un prénom, parlait de lui, probablement. Il transférait ses propres peurs sur ses élèves sans comprendre que ses frustrations pouvaient briser définitivement les rêves de jeunes adolescents en quête d'avenir.

Marc n'oublia jamais les paroles de son professeur. Il passa le reste de sa vie à essayer de le faire mentir. Chacune de ses victoires était une victoire contre ce monsieur Valentin de son adolescence. Tandis que chacune de ses défaites le plongeait dans le plus profond désespoir. Et s'il avait raison ? Et si Valentin avait raison ? Et s'il n'était qu'un bon à rien destiné à la plus basse des basses besognes ?

Monsieur Valentin enseignait l'histoire et la géographie mais il ne franchit jamais les murs de Nogent-sur-Marne. Il passa les années suivantes et les années d'après seul et le dos voûté. De plus en plus voûté à force de ne pas lacer ses chaussures. Il enseigna dans le même lycée jusqu'à la fin de sa carrière et puis, le moment venu, il se mit en arrêt maladie avant d'anticiper sa retraite. Une vie terne. Une vie grise. Une vie de monsieur Valentin à Nogent-sur-Marne.

*

Marc était fragile cette année-là. L'année de son premier chagrin d'amour.

Elle s'appelait Laura.

Il l'avait rencontrée à Châtelet. C'était une Parisienne et pour lui, pour l'adolescent qu'il était alors, les Parisiennes étaient belles, plus belles évidemment que les filles de Nogent.

Le mercredi après-midi il avait pris l'habitude avec ses amis de prendre le RER puis le métro pour se rendre aux Halles comme des dizaines de milliers d'adolescents le mercredi après-midi. Marc et Vincent adoraient prendre le métro. Le métro c'était déjà Paris. Et sur une même ligne, entre deux terminus, on pouvait voir toute une partie de la population parisienne. On pouvait passer en quelques stations seulement des catégories les plus populaires aux plus riches, des travailleurs en costume-cravate aux bobos en Stan Smith.

Le métro c'était leurs premières évasions, leurs premiers voyages vers ailleurs. Et ailleurs c'était un immense centre commercial en sous-sol avec des centaines de magasins dans lesquels ils n'achetaient jamais rien.

Dans les halles de Châtelet la plupart des gens attendent. Les vendeurs attendent les clients, les policiers en vadrouille attendent les délinquants, les délinquants attendent que la voie soit libre et les autres attendent que le temps passe.

Marc avait rencontré Laura dans un magasin de jeux vidéo. Il lui avait demandé l'heure alors qu'il avait une montre, elle lui avait souri et leur histoire avait duré plusieurs mois.

Elle fumait, lui pas encore, ils se retrouvaient deux ou trois fois par semaine, surtout le week-end, et ils passaient leur temps à ne rien faire. Et ne rien faire quand on a dix-huit ans c'est encore la meilleure chose à faire.

Il était amoureux, amoureux fou, impatient de passer le reste de sa vie avec elle. Il ne savait pas encore que, tout au long de sa vie, il donnerait à ses dépressions successives des prénoms de femme.

Ils s'embrassaient tout le temps et devant tout le monde, sans la moindre gêne, sans la moindre pudeur. C'était leur façon d'exister. Ils ne se parlaient pas ou si peu. Ils échangeaient parfois quatre ou cinq mots entre « bonjour » et « au revoir ». C'était une relation purement charnelle et pourtant dénuée de toute sensualité. Ils étaient deux adolescents maladroits qui se découvraient en découvrant le corps de l'autre.

Et puis un jour, sans prévenir, elle lui a dit sans aucune émotion apparente que c'était fini, qu'elle ne voulait plus le voir. C'était sur le quai du métro. Ligne 7. Station Porte-de-la-Villette. Elle lui a dit, comme le disaient les héroïnes des séries qu'elle regardait : « C'est mieux comme ça. » Et sans même un dernier baiser, elle s'est éloignée avant de disparaître au milieu de la foule.

La douleur des premiers chagrins d'amour est insupportable. C'est un monde qui s'écroule, le monde tout entier, et l'absence et le manque sont presque insoutenables. Les premiers chagrins d'amour n'ont rien à voir avec l'amour. Marc souffrait parce qu'elle lui avait dit « non », parce qu'elle lui avait dit « c'est fini » et qu'il ne l'avait pas choisi, pas décidé. Il avait mal parce que cette rupture voulait dire qu'il était moche, qu'il était bête, qu'il était un raté qui finirait éboueur tout au mieux. Parce que cette rupture voulait dire que monsieur Valentin avait raison. Et puis, que pensaient donc les autres, ses amis qui ne cessaient de le réconforter avec leur insupportable bienveillance. Que pensaient-ils quand ils se retrouvaient sans lui ? Marc ne voulait pas être faible, surtout pas devant ses meilleurs amis. Il avait une place dans le groupe, une place bien précise et ce n'était pas la place du faible. Non, lui il était fort.

On ne surmonte pas un chagrin d'amour, on l'affronte. Donc, après plusieurs semaines de larmes cachées, de chansons tristes, il décida de passer à autre chose. Mais il n'y arriva pas. C'était impossible. La douleur était encore vive, la blessure trop profonde. Alors il s'enferma, se replia sur lui-même. Il sécha les cours, puis il retourna en cours, puis il se mit à fumer avant d'arrêter, il essaya tout ce qu'il pouvait pour l'oublier, l'oublier définitivement. Il ne mangea plus, ou en tout cas pas comme avant, pas autant. Il n'avait plus goût à rien et quelque chose au fond de lui aimait cet état. Au fond, tout au fond de lui il se sentait vivant. Un premier chagrin d'amour c'est aussi se sentir vivant.

Et puis un jour, au milieu de nulle part, penser à elle ne l'a plus tué. C'était fini. La tristesse et la colère avaient laissé la place à une froide indifférence.

C'était venu comme ça, sans raison particulière. C'était venu comme ça, comme un soulagement, comme la fin d'une longue maladie. Marc était guéri.

Alors, pour fêter ça il a rejoint ses amis ce soir-là pour faire ce qu'ils faisaient de mieux : rien.

C'était l'époque où Vincent venait d'avoir son permis. Il était l'un des seuls du lycée à avoir sa voiture, sa propre voiture qu'il avait achetée d'occasion avec l'argent de sa bar-mitsva.

Il devait être vingt heures, ils roulaient sans but précis, sans trop savoir où aller, traversant la ville d'est en ouest, traversant le bois pour rejoindre Vincennes, traversant le périphérique pour revenir au point de départ. Ils ne faisaient rien mais ils le faisaient bien, avec application. À vingt-deux heures c'en était fini du périple et chacun rentra chez ses parents. D'abord Marc, qui le premier descendit de la voiture. Puis Jeremy et enfin Benjamin.

Vincent avait raccompagné chacun de ses amis… Il ralentit devant le domicile parental… mais sans s'arrêter.

Son voyage n'était pas encore terminé.

Il traversa le bois pour rejoindre Vincennes. Il traversa Vincennes jusqu'au périphérique qu'il empruntait pour la deuxième fois de la soirée. Seul cette fois-ci.

Il sortit vingt-cinq minutes plus tard, porte de Pantin parce que la porte d'après était fermée.

Encore quelques kilomètres… et la porte passager s'ouvrit.

Laura monta dans la voiture et referma la porte passager qu'elle venait d'ouvrir.

Le voyage de Vincent n'était pas terminé. Sa soirée pouvait commencer.

Après tout, Laura était libre, désormais.

– 10 –

L'ENTERREMENT

Les cimetières se ressemblent tous. De grandes allées. Des centaines de tombes. Des milliers de tombes. Et un ciel qui semble toujours gris.

Il pleuvait ce matin-là dans le carré juif du cimetière parisien de la porte de Pantin. Le rabbin, devant la tombe, chantait de sa voix grave quelques prières qui ne semblaient apaiser la douleur de personne.

Dans la religion juive, la mort ne peut être considérée avec tristesse, l'âme retourne à Dieu et les châtiments sont limités dans le temps ; le Mashia'h, bientôt, viendra ressusciter les morts. Mais ce matin-là c'est Vincent qu'on enterrait. L'enterrement d'un jeune de moins de quarante ans en parfaite santé n'est déjà pas dans l'ordre des choses, mais l'enterrement d'un avocat respecté de tous, qu'on avait tué de plusieurs coups de couteau dans le dos, changeait totalement l'atmosphère de cette cérémonie. Il y avait de la douleur, de la tristesse, de la colère. Il y avait un sentiment d'injustice et des endeuillés qui sans se regarder ne pouvaient retenir leurs larmes.

La mère de Vincent était trop religieuse ou trop respectueuse pour demander des comptes à Dieu. Le père, lui, était trop sonné, trop absent, trop occupé à tenir sa femme dans ses bras de peur qu'elle tombe pour en vouloir à qui que ce soit. Lisa, elle, pour l'instant ne pensait qu'à ses filles, ses petites filles qui ne comprenaient pas tout à fait ce qui était en train de se passer.

Et puis il y avait tous les autres présents ce matin-là et qui n'en avaient pas grand-chose à faire de Vincent et de sa mort. Ils étaient là parce qu'il fallait être là. Parce qu'il était un cousin éloigné, un neveu absent, un confrère, un pote ou une vague connaissance.

Certains prenaient même des photos pour conserver un souvenir de ce triste jour. Un souvenir qu'ils utiliseraient peut-être plus tard, sur les réseaux sociaux ou ailleurs, pour montrer aux yeux du monde combien ils étaient solidaires dans le malheur. Combien ils étaient bienveillants.

Certains aiment les cimetières. Ils sont presque soulagés. C'est un autre qui est décédé, un autre et pas eux. Et c'est tant mieux. Et sa mort leur rappelle qu'ils sont vivants. Certains vont au cimetière pour se sentir vivants.

Marc regardait tout autour de lui, cherchant un visage familier. Benjamin était à ses côtés, les yeux baissés, peut-être pour regarder ses chaussures noires qu'il avait cirées pour l'occasion. Benjamin pleurait. Beaucoup. Benjamin n'avait cessé de pleurer depuis l'annonce de la mort de son ami. Benjamin aimait beaucoup Vincent et Vincent ne serait plus là désormais. Plus jamais là.

Quand la police avait débarqué chez lui quelques jours plus tôt ils avaient découvert que le fond d'écran de son téléphone portable était une photo de Vincent. Seul. Une photo de lui seul en train de sourire. Le Russe avait trouvé ça étrange.

Le Russe était au cimetière, lui aussi. Un peu à l'écart et ne pouvant s'empêcher de regarder Lisa. Il l'observait de loin pendant que le rabbin récitait le Kaddish, la prière des morts. Il l'observait, elle qui derrière ses lunettes noires pleurait devant la tombe de son mari.

Bientôt, dans quelques semaines, il y aurait une pierre tombale. Une pierre tombale avec un prénom et un nom gravés juste en dessous d'une étoile de David. Pour l'instant il n'y avait qu'un cercueil qu'on s'apprêtait à mettre en terre.

Ce matin-là tout devenait réel pour Lisa. C'était réel. Vincent était mort. Assassiné. Il était encore jeune, très jeune, il avait une vie devant lui et à présent c'était fini. Terminé. Tous ses projets, tous leurs projets n'existaient plus.

Qui était l'assassin de son mari ? Était-il présent aujourd'hui ? Le connaissait-elle ? L'avait-elle déjà croisé ? Était-ce un étranger, un tueur en série ? Le tueur avait-il un mobile ou avait-il frappé au hasard ? Vincent était-il mort par hasard ? S'était-il trouvé au mauvais endroit au mauvais moment ?

Lisa pleurait.

Le Russe, après avoir compté le nombre exact de personnes présentes, repensa à cette histoire que lui avait racontée sa mère quand il était petit. Une histoire que l'on se racontait de mère en fille dans sa famille, de génération en génération. Comme il n'avait pas de sœur, c'est lui qui était maintenant chargé de la raconter. Mais comme il n'avait pas encore d'enfant c'est à lui-même qu'il la racontait, parfois, pour ne pas l'oublier.

Une vieille dame très malade et très vieille avait un jour été victime d'un AVC. Très malade et très vieille, elle supplia Dieu de l'appeler à ses côtés. Elle souffrait trop et n'avait personne pour l'aider ou la soutenir. Mais cette vieille dame très malade et très vieille avait été tout au long de son existence d'une extrême méchanceté. C'était une femme méchante. Si méchante que même Dieu refusait de l'appeler à ses côtés.

Le Russe se demandait si Vincent avait été un homme bon, si bon que Dieu n'avait pu se retenir de l'appeler à ses côtés le plus tôt possible. Ou au contraire était-ce parce qu'il avait péché qu'il était mort ? Était-ce parce qu'il avait fait de mauvaises choses tout au long de sa courte vie ?

Vincent, comme la plupart des gens sur cette Terre, avait probablement fait de son mieux, il avait fait de sa vie ce qu'il fallait qu'elle soit. C'est ce que pensa le Russe en observant la foule présente ce matin-là. Il y avait plusieurs dizaines de personnes, peut-être même une centaine, cela devait vouloir dire, d'une certaine façon, qu'il avait réussi sa vie.

Et chacune des personnes présentes, l'une après l'autre, jeta un petit peu de terre sur le cercueil.

Le bruit de la terre sur le cercueil… Un bruit qui hanterait longtemps, peut-être pour toujours, les nuits de ceux qui avaient aimé Vincent.

Et puis, après la dernière des prières, après le dernier des recueillements, la foule commença lentement à se disperser. Certains embrassèrent Lisa et les filles, leur glissant des « bon courage », des « ça va aller », « on est là si tu as besoin de quoi que ce soit » avant de s'échapper loin, le plus loin possible de toute cette tristesse.

Marc et Benjamin allumèrent une bougie avant d'allumer leurs cigarettes. Ils étaient là, devant le cercueil mis en terre, ils étaient là, l'un à côté de l'autre, le regard vide et les yeux pleins de larmes.

Benjamin avait rejoint Marc chez lui avant la cérémonie. Ils avaient bu un café dans la cuisine, sans trop se parler. Sans doute appréhendaient-ils l'événement à venir. Ni l'un ni l'autre n'avaient jamais enterré un proche avant ça.

Benjamin avait fumé une cigarette à la fenêtre, la troisième d'une journée qui venait pourtant à peine de commencer. Benjamin aimait fumer le matin. Il avait toujours aimé ça. Quelques secondes seulement après avoir ouvert les yeux il faisait couler un café avant d'allumer une cigarette. Benjamin ne buvait du café que pour pouvoir fumer. Le café ne l'aidait pas à se réveiller, il l'aidait à mieux apprécier sa cigarette. Parfois il enchaînait même avec une deuxième cigarette, accompagnée d'un deuxième café.

Ils avaient ensuite pris la voiture de Marc, s'étaient arrêtés en route pour prendre de l'essence et en prenant de l'essence Benjamin avait ouvert sa fenêtre pour poser la question qu'ils n'avaient pas osé se poser jusque-là : « Tu crois qu'il sera là ? » Marc, après quelques secondes et sans détourner son regard de la pompe à essence avait simplement répondu « Non. »

Le Russe, lui aussi, en arrivant au cimetière peu avant le début de la cérémonie, avait demandé à son collègue : « Est-ce qu'il est là ? » Et la réponse fut la même : négative.

Jeremy n'était pas là. Il n'était pas venu à l'enterrement de celui qui était le meilleur de ses amis. Au milieu de la foule, au milieu de tous les gens présents pour honorer la mémoire du défunt il y avait une absence. Jeremy était absent et bien sûr cette absence n'était pas passée inaperçue. Où était-il et qu'avait-il de mieux à faire qu'assister à l'enterrement du meilleur de ses amis ?

Benjamin écrasa sa cigarette, la neuvième de la journée, avant de monter dans la voiture de Marc. Lisa, ses enfants, les parents de Vincent, les oncles, les tantes et les cousins, tous quittèrent les lieux, progressivement et dans le silence.

Soudain, une main sur l'épaule du Russe.

La main de Lisa sur l'épaule du Russe.

– Vous avez le temps de prendre un café ?

– Bonjour. Euh… Oui… Oui bien sûr. Quand ? Maintenant ?

– En fin d'après-midi, ça vous va ? Vers dix-huit heures ?

– Oui.

– Il y a un café à l'angle de la rue de la Pompe et de l'avenue Georges-Mandel…

*

La tradition juive s'oppose à toute forme d'autopsie, à deux exceptions près : en cas de suspicion d'homicide ou d'homicide avéré, et au cas où l'autopsie permettrait de façon certaine de faire avancer la médecine et de sauver d'autres vies humaines.

Alors, malgré les protestations de la maman de Vincent, un médecin légiste avait pratiqué une autopsie sur le corps. Une autopsie requise par le procureur de la République dans le cadre de l'enquête et ordonnée par un magistrat pour déterminer les origines du décès. C'était la procédure. C'était ce qu'il fallait faire.

Quinze jours plus tard, on communiqua les résultats à la famille : Vincent avait bien été tué de plusieurs coups de couteau dans le dos.

Mais il y avait autre chose, un nouvel élément. L'institut médico-légal spécialisé en toxicologie avait analysé des mèches de cheveux, et des traces de GHB, plus communément appelé la drogue du violeur, y avaient été retrouvées. Vincent, peu avant le décès, avait donc été drogué.

– 11 –

AUDE

– Le jour de mon mariage je me suis dit ce sera dur mais je tiendrai bon. Et j'ai tenu bon. J'ai fait de mon mieux.

Aude, l'ex-femme de Jeremy, était arrivée au commissariat quelques minutes avant l'heure de sa convocation. Il était quatorze heures à sa montre et peut-être pour en finir plus rapidement, peut-être parce qu'elle était nerveuse, elle parlait vite, si vite que le commissaire en face d'elle ne comprenait pas tout.

*

– Jeremy il est… Comment vous dire ça ? C'est un homme compliqué. Mais je suis sûre qu'il serait incapable de faire ça. Je le connais… Je le connais par cœur vous savez. On s'est rencontrés au lycée. En terminale. Ce n'est pas un tueur. Il n'a pas la moindre violence en lui. Ou en tout cas pas de violence physique. Il n'a jamais levé la main sur moi. Jamais. Et heureusement parce que je ne l'aurais pas laissé faire. Il a toujours été là pour moi. Et ce n'était pas toujours facile pour lui. C'est long, les études de médecine. C'est dur. Et c'est au moins aussi dur pour ceux qui partagent nos vies. Enfin… Ce n'est pas aussi dur, j'exagère un peu. C'est moins dur bien sûr, mais ce que je veux dire c'est qu'il m'a toujours soutenue. Du premier au dernier jour. Pendant treize ans. C'est très long treize ans. Je ne pouvais quasiment jamais sortir, j'étudiais tout le temps, et puis il y a eu la période où j'étais interne, où j'alternais entre la fac et l'hôpital, je ne dormais pas ou très peu, c'était éreintant pour tout le monde croyez-moi. Et il est resté. Il est resté avec moi.

» Alors bien sûr on a eu des moments compliqués. Mais qui n'en a pas ? Surtout après toutes ces années. J'aimais bien Vincent. C'était un chouette type. Enfin non, ce n'est pas vrai, il n'était pas si chouette que ça. Je ne sais pas si je peux dire ça maintenant. Maintenant qu'il est mort. Mais… Il avait un ego démesuré. Et ça a empiré après qu'il a gagné au… enfin vous savez. Après ça on ne l'a plus beaucoup vu. Jeremy le voyait de temps en temps mais il ne venait plus trop à la maison. Et Lisa… non… On ne se parle pas avec Lisa. On ne s'est jamais beaucoup aimées. Je ne la connais pas. Je… je ne pourrais rien dire sur elle. C'est juste que… On n'a pas le même rythme de vie, c'est tout. Elle ne travaille pas. C'est elle qui a insisté pour que son mari achète une maison en Normandie. À Trouville. Si vous voyiez cette maison, c'est n'importe quoi ! Je ne sais vraiment pas pourquoi ils ont acheté cette maison ! Vincent détestait Trouville. Jeremy était sûr qu'il avait fait ça pour le provoquer. C'est possible. Je ne sais pas. De toute façon je vais vous dire, cette amitié n'était pas… Ce n'était pas sain. Même avec Benjamin et Marc les relations sont devenues étranges au fil du temps. Eux aussi ils ont changé. Ils ont beaucoup changé. Alors que nous pas du tout. Ils ont gagné beaucoup d'argent ? Et alors ? Tant mieux pour eux. Ils ont eu de la chance, tant mieux pour eux. Mais… pardon de dire ça mais… ils n'ont rien fait pour mériter cet argent. Ils n'ont pas sauvé de vie, ils n'ont pas travaillé dur… Ils ont simplement coché des numéros sur une grille. C'est tout. Je sais que... je sais que Jeremy en a souffert. Beaucoup souffert. Je sais que ça le fait toujours souffrir mais ce n'est pas de ma faute s'il a arrêté de jouer. Je vous assure ce n'est pas de ma faute. Je ne lui avais rien demandé. C'était au début de ma grossesse. C'était avant... avant ma fausse couche. On pensait fonder une famille. On avait... On avait envie d'avoir une famille, des enfants.

» Jeremy est un homme gentil vous savez. Il est très gentil, très serviable, et je crois qu'à ce moment-là il a été gentil avec moi par anticipation. Il a anticipé ce que je ne lui avais pas demandé. Il s'est dit que ça me ferait plaisir s'il arrêtait de jouer avec eux. Parce qu'à chaque fois qu'ils allaient jouer tous les quatre, tous les vendredis, il rentrait tard, vraiment très tard.

» Après avoir joué, la plupart du temps ils allaient prendre un verre, et après ils allaient au restaurant et après ils finissaient en boîte de nuit. Ils aimaient être tous les quatre. Seulement tous les quatre. C'était une amitié très masculine. Presque exclusivement masculine. À chaque fois qu'ils ont fait entrer une femme dans leur bande ça s'est mal terminé. C'est pour ça aussi que je connais si mal Lisa. On n'était presque jamais avec eux. Caroline non plus d'ailleurs. Caroline c'est la copine de Marc. Je ne la vois quasiment jamais. Elle non plus elle ne travaille pas. Elle était mannequin je crois. Avant.

» Je ne sais pas si mon mari était heureux. Je ne pense pas.

» Il aurait voulu ouvrir un restaurant. Un restaurant italien. Mais ça aurait été catastrophique. Jeremy n'aurait jamais pu gérer un restaurant, une équipe, des cuisiniers, des serveurs. Il n'aurait jamais pu. Ça aurait été une catastrophe. Il avait un bon boulot, un bon travail dans une bonne entreprise. On avait tout pour être heureux. Ou presque. On a essayé… On a essayé une autre fois mais… ça n'a pas marché. Je n'ai pas réussi à retomber enceinte. On n'en parlait jamais tous les deux. C'était un peu tabou. Je ne sais pas. On n'en parlait pas. Et après ça il a eu de plus en plus de tocs. Et ça me rendait nerveuse. Ça m'énervait. Je n'avais plus la patience pour le comprendre. Ou plus l'envie. Je ne sais pas. Je l'attendais sur le pas de la porte pendant trente minutes parfois. Trente minutes pour fermer une porte, vous vous rendez compte ! Sept coups de clef dans la serrure. Puis trois. Puis un. Et après il devait rouvrir la porte, vérifier je ne sais quoi, la refermer… C'était interminable. C'était n'importe quoi. Il me disait que je ne pouvais pas comprendre sa logique mais il n'y avait aucune logique. On n'était pas loin de la folie. Il refusait de se faire soigner. Et si vous aviez vu ce qu'il faisait avec les chaussures ! Il les alignait les unes à côté des autres. Toutes les chaussures. On était en train de parler sur le canapé et d'un seul coup il se levait pour mettre des chaussures côte à côte. Ça n'avait aucun sens. Mais je l'aimais. Je l'aimais encore. Ou alors je n'avais pas envie de voir qu'on ne s'aimait plus. Le divorce est récent et tout est allé si vite… Je ne sais pas… je ne sais pas vraiment ce que je ressens. C'est un peu confus.

» Vous croyez que j'aurais dû me rendre à l'enterrement aujourd'hui ? J'ai longtemps hésité mais… Je ne sais pas… j'ai senti que c'était mieux si je n'étais pas là. Et puis, personne ne m'a appelée. J'ai laissé un message à Lisa. Un gentil message. Vous voulez le lire ? Mais elle ne m'a jamais rappelée.

» Voilà, je crois que je vous ai tout dit. Je ne vois pas ce que je peux ajouter de plus. On a eu un chien pendant quelques années. Une petite chienne et je crois que de temps en temps j'étais un peu jalouse de la relation qu'il avait avec elle. Il adorait cette chienne. Il était constamment… Il était si chaleureux avec elle… On peut être chaleureux avec un animal ? On peut employer ce terme ? Oui sans doute. Il lui faisait des câlins, il la caressait. Moi aussi il me faisait des câlins mais il était un peu absent. Oui… Il était souvent un peu absent quand nous étions l'un à côté de l'autre. Mais il faut dire que je travaille beaucoup. Peut-être être trop. En tout cas il est parti. Il est parti comme ça, presque du jour au lendemain. La veille il était revenu de chez sa mère avec un gâteau au chocolat qu'elle avait préparé pour lui. Elle disait pour nous mais c'était pour lui. Il était immangeable ce gâteau. Trop sucré. Mal cuit. Elle faisait toujours le même gâteau. Toujours le même. Et lui il l'adorait. Il adorait ça. Ce soir-là je lui ai dit ce que je pensais, peut-être que ça ne lui a pas plus. Il n'a rien dit sur le moment mais le lendemain il n'est pas rentré. On ne quitte pas sa femme après tout ce temps parce qu'elle n'aime pas un gâteau au chocolat qu'a préparé sa belle-mère !

» Jeremy n'a pas tué Vincent. J'en suis sûre. J'en suis certaine. Et pourtant je pourrais lui en vouloir, je pourrais être en colère parce qu'il est parti, parce qu'il m'a abandonnée, parce qu'il ne m'a pas dit où il allait, où il partait… mais je sais qu'il n'a pas tué son ami. C'est impossible. Je vais vous donner un exemple. J'ai réfléchi à ça tout à l'heure, juste avant de venir. Ça explique beaucoup de choses. Ça explique pourquoi depuis quelque temps il était devenu un peu… Un matin, il était tôt, je ne sais plus exactement quelle heure, peu importe, il s'est levé, j'étais en train de faire du sport dans le salon. J'avais acheté un tapis, je faisais un peu de cardio, des choses comme ça. Il était très tôt, il s'est assis dans le canapé, il mangeait un peu de pain avec du beurre et de la confiture, et il me regardait avec… il me regardait avec une rage folle. J'ai eu la sensation ce matin-là qu'il me haïssait. Il ne supportait pas de me voir faire du sport alors que lui était en train de manger sa quatrième tartine. Il répétait : "Je suis un gros porc. Je suis un gros porc." C'était stupide mais… c'est pas facile de regarder sa femme prendre soin d'elle quand on se laisse aller. Quand on a l'impression de se laisser aller. C'était la même chose avec ses amis depuis qu'ils avaient gagné. Il les regardait avec une haine terrible parfois parce que leur réussite, ou ce qu'il considérait comme une réussite, le ramenait constamment à ses propres échecs. "Je suis un gros porc. Je suis un raté." Voilà ce qu'il disait. Voilà ce qu'il pensait.

» On a beaucoup de pression quand on est un homme ou quand on est une femme. Quand on est un homme on doit être fort, viril, savoir se battre, gagner de l'argent, régner sur le foyer, ne jamais pleurer. Quand on est une femme on doit être élégante, porter des robes, ne pas péter, ne pas roter, ne pas dire de gros mots, ne pas avoir de poils, on doit répondre aux diktats imposés par la société. On a beaucoup de pression. C'est pas facile… C'est pas facile… Je crois que Jeremy avait envie de pleurer.

» C'est bon, je peux y aller ?

– 12 –

RENDEZ-VOUS

Le Russe était arrivé avec plusieurs minutes d'avance au rendez-vous. Il avait quitté le commissariat plus tôt que d'habitude, prétextant une urgence familiale, et il avait pris le métro direction la rue de la Pompe.

Pourquoi avait-il menti à ses supérieurs ? Après tout il s'agissait d'une simple entrevue professionnelle avec l'épouse du défunt. Il ne s'agissait en aucun cas d'un rendez-vous personnel. Du moins c'est ce qu'il pensait. Ou alors non, s'il avait menti c'est qu'il avait un doute. Il s'agissait peut-être d'un rendez-vous personnel. Lisa lui avait demandé s'il avait le temps pour un café avec une telle douceur dans la voix qu'il espérait secrètement que cette proposition n'avait rien de professionnel.

Il était impatient de la voir, de la revoir, il était pressé de lui raconter ce qu'il savait, ce qu'il avait appris aujourd'hui. Jeremy avait été aperçu dans le sud de la France. Tout au sud, à Marseille. L'enquête allait pouvoir avancer, tout allait pour le mieux dans le meilleur des mondes. Mais non, bien sûr que non tout n'allait pas pour le mieux ! Elle venait tout juste d'enterrer son mari le matin même. Un mari qu'elle aimait encore probablement. Tout n'allait pas pour le mieux dans le meilleur des mondes. Elle devait être triste, peut-être même anéantie, il n'y avait rien à espérer de ce rendez-vous. Une fois qu'elle serait là il essaierait simplement de trouver les bons mots pour la réconforter. Si toutefois elle avait envie d'être réconfortée. Si elle n'en avait pas envie alors il ne dirait rien, il la laisserait parler. Si elle lui avait donné rendez-vous à dix-huit heures c'est qu'elle avait sûrement quelque chose à lui demander.

Il était dix-sept heures quarante-cinq, et à dix-sept heures quarante-cinq ce jour-là il pleuvait beaucoup. Sur le court trajet entre la sortie du métro et le café, le Russe, qui n'avait pas de parapluie, fut trempé par les trombes d'eau qui s'abattaient sur la ville.

Il s'assit à une table dans le café qu'elle lui avait indiqué et nerveusement regarda son téléphone portable en attendant l'arrivée de Lisa. Il n'aimait pas avoir les cheveux mouillés et cela le rendait plus nerveux encore. Il savait qu'au fil des minutes ses cheveux sécheraient d'une façon telle que cela lui donnerait l'apparence d'un petit garçon mal coiffé. Cette idée l'obsédait. Il ne voulait pas ressembler à un petit garçon mal coiffé, pas maintenant, pas devant elle.

Alors il se dirigea vers les toilettes et, sans trop y réfléchir, sans trop penser à ce qu'il était en train de faire, il plaça sa tête sous l'appareil qui sert habituellement à se sécher les mains. Il utilisa le sèche-mains des toilettes comme sèche-cheveux.

Le dos courbé, la tête en avant, il fut dérangé quelques minutes plus tard par l'arrivée d'une femme d'un âge certain qui entra, sursauta, s'excusa puis sortit d'un pas rapide, le laissant seul avec sa honte, ses joues devenues rouges et ses cheveux à moitié secs.

Le Russe ne s'aimait pas beaucoup. Et à cet instant-là, à cet instant précis, il ne s'aimait plus du tout.

Il était dix-huit heures, il était trop tard pour fuir, pour s'enfuir, il était l'heure de se rasseoir, l'heure de l'attendre, elle qui occupait toutes ses pensées depuis qu'il avait croisé son regard.

Il se sentait coupable d'être là.

Avec ce rendez-vous il était en train de trahir un homme mort qu'il ne connaissait certes pas mais qui venait tout juste d'être mis en terre. Il avait l'impression que tous les gens assis à côté de lui le regardaient avec mépris. Il sentait sur lui le jugement des serveurs qui évitaient soigneusement de venir prendre sa commande.

Après de longues minutes et plusieurs tentatives infructueuses il commanda dans le même temps un café et une bière. Il avait eu honte de commander seulement un café alors il avait pris une bière aussi, une bière en plus. Un choix qu'il regretta aussitôt. « Que va-t-elle penser si elle arrive et qu'elle me voit avec une bière et un café ? C'est soit l'un, soit l'autre. Soit un café, soit une bière. Jamais les deux. Et puis la bière ça ne fait pas très sérieux. J'aurais dû prendre un verre de vin. Un verre de vin rouge. Ou alors je n'aurais pas dû commander d'alcool. Ou en tout cas pas avant qu'elle arrive. Et même quand elle arrivera, il n'y a aucune chance qu'elle ait envie d'alcool. Elle est en deuil, elle vient de perdre son mari, elle n'aura évidemment aucune envie d'aller chercher l'ivresse. Ou alors peut-être que si, peut-être que c'est pour ça qu'elle m'a donné rendez-vous ici. Mais si c'est pour ça pourquoi est-ce qu'elle m'a proposé d'aller prendre un café ? Elle a dit "un café". Un café ça veut dire un café. Si elle voulait prendre un verre elle aurait dit prendre un verre. Pas un café. »

18 h 15. Elle était en retard. Il ne savait plus comment occuper son temps ni ses mains alors il commanda une autre bière.

18 h 30. Toujours pas de Lisa.

19 heures. 20 heures. Ce n'est qu'à vingt heures et trente-cinq minutes qu'il se décida enfin à partir. Il avait bu quatre bières, deux cafés, mangé deux corbeilles de pain et payé l'addition. Elle n'était pas venue. Et dehors la pluie ne s'était pas arrêtée.

Le Russe avait honte. Honte d'avoir accepté ce rendez-vous, honte qu'elle ne soit pas venue, honte d'avoir attendu si longtemps avant de partir, honte d'avoir mangé deux corbeilles de pain, honte d'être seul dehors et sous la pluie.

Il avait honte et soudain son téléphone portable sonna.

C'était un numéro inconnu.

Son cœur s'embrasa, il prit une grande respiration et tenta de répondre comme s'il n'avait pas bu les quatre bières.

– Allô ?

– Oui bonjour. *(C'était une voix féminine.)* Je me présente : je m'appelle Inès et j'aimerais vous proposer une formation. Est-ce que cela vous intéresse. Allô ? Allô ?

Le Russe avait honte. Honte d'y avoir cru.

– 13 –

UN SAMEDI SOIR EN 2006

Une longue file d'attente. Et dans la file d'attente des filles un peu trop maquillées, des hommes un peu trop parfumés. Des sourires crispés, des espoirs démesurés.

Dans quelques minutes le videur, dans sa grande mansuétude, décidera du sort de chacun d'entre eux. Certains seront déçus, d'autres soulagés, certains tenteront de mener une négociation perdue d'avance, certains passeront une belle nuit, les autres non.

Ce samedi soir-là comme tous les samedis soir ou presque de l'année 2006, Vincent, Marc, Benjamin et Jeremy étaient de sortie. Ils avaient vingt-deux ou vingt-trois ans, ils étaient jeunes, ils avaient la vie devant eux et l'envie de profiter de chaque instant. Citant à longueur de temps le livre d'Hemingway qu'aucun d'entre eux n'avait pourtant lu, ils voulaient faire de Paris une fête. Et de leurs nuits des triomphes.

Vincent louait une chambre de bonne à Nogent. Suffisamment proche de ses parents pour que sa mère lui nettoie son linge sale et lui prépare à manger, suffisamment loin pour avoir son indépendance. Une fois encore il était le premier à avoir quitté le domicile parental. Les autres y habitaient encore, ils avaient des comptes à rendre, ils étaient des enfants presque adultes.

Cette chambre de bonne était au dernier étage mais il y avait un ascenseur. Huit mètres carrés. Huit mètres carrés c'était amplement suffisant pour travailler les cours de droit. Et c'était amplement suffisant pour se retrouver à cinq le samedi soir avant de partir vers la capitale, vers cette Ville lumière qui les attirait tant.

Ils avaient leurs habitudes, leurs rituels. Jeremy allait chercher Marc puis Benjamin qui avait préparé ce qu'ils appelaient la *potion* : une bouteille Cristaline sans eau Cristaline remplie de vodka et de jus de pomme.

Une fois chez Vincent ils buvaient au goulot chacun son tour, sauf Jeremy, qui la plupart du temps conduisait.

Jeremy n'était jamais ivre, jamais dans le même état second que ses amis. Il n'aimait pas l'alcool, il n'aimait pas l'ivresse, et puis cela rendait service à tout le monde, surtout aux autres.

Ils buvaient avant la soirée car ils savaient bien qu'ils ne pourraient pas boire pendant. Dans les boîtes de nuit parisiennes tout est trop cher, tout est inaccessible, alors pour les garçons de Nogent-sur-Marne il fallait trouver des subterfuges. La *potion* était leur subterfuge.

Le samedi soir il fallait sortir, s'amuser, profiter. Il fallait conquérir le monde, et la conquête du monde commençait par entrer en boîte de nuit. Le samedi soir il fallait draguer, embrasser, tomber amoureux. C'était une épreuve hebdomadaire avec les bons et les mauvais élèves. Vincent s'en sortait avec mention, Marc avec les honneurs, Benjamin était un peu en dessous de la moyenne, Jeremy, lui, était absent, presque étranger à ce monde qui s'agitait sous ses yeux. Peut-être parce qu'il ne buvait pas. Peut-être parce qu'il était – comme le répétait Marc – trop sérieux, trop chiant, trop con. Peut-être parce qu'il était différent et qu'il n'avait pas la moindre envie de sortir, de s'amuser ou de profiter. Peut-être parce qu'il n'aimait pas les boîtes de nuit. Pour lui, les boîtes de nuit n'étaient que des endroits en sous-sol où l'on ne voyait rien et qui se ressemblaient tous un peu.

Benjamin était obsédé par la chanson d'Aznavour *Hier encore*. Il ne cessait de crier quand il avait trop bu : « Demain on n'aura plus vingt ans ! On n'aura plus vingt ans et ce sera trop tard ! Ce sera fini ! » Benjamin, après plusieurs rasades de vodka pomme tiède, devenait un autre. Un autre moins docile. Moins contrôlable. Sa timidité disparaissait peu à peu et c'est un autre homme qui apparaissait aux yeux de tous. Un homme en colère.

Il rêvait d'être acteur mais personne ne le prenait jamais au sérieux alors pour l'instant il était serveur. Et cela le mettait en colère. La vodka pomme était tiède, il avait mal au ventre, et il se sentait mal et cela le mettait en colère. Et puis il n'aimait pas la vodka, il n'aimait pas la pomme alors il s'en voulait d'avoir bu cette potion qu'il n'aimait pas et qu'il buvait pourtant tous les samedis soir. Il s'en voulait de n'avoir pas dit aux autres : « Si on changeait pour une fois ? » Il s'en voulait d'avoir suivi le mouvement. Encore une fois.

Il devait être une heure cette nuit-là avenue Montaigne, les quatre amis attendaient au milieu d'une foule de potentiels clients qui eux aussi attendaient le verdict du juge au bout de la file… quand un événement imprévu se produisit. Un événement imprévu et totalement anodin, mais qui marqua particulièrement Benjamin et l'accompagna pendant des années.

Un acteur très célèbre, qui avait joué dans des films très célèbres, débarqua devant la porte de la boîte accompagné d'un acteur un peu plus jeune, un peu moins célèbre, qui avait joué dans des films que peu de gens avaient encore vus. Ils ne firent pas la queue, bien sûr, et tous les regards, toute l'attention en une fraction de seconde se portèrent sur ces deux hommes qui semblaient ne voir personne. Ils n'avaient pas besoin d'être attentifs, le monde tournait autour d'eux. Le monde entier. Le videur qui n'avait pas souri depuis des années en public leur sourit et leur ouvrit la porte sans attendre ni merci ni au revoir, ni même à bientôt.

L'acteur célèbre et l'acteur moins célèbre avaient disparu aussi vite qu'ils étaient apparus.

Quelques secondes plus tard, Benjamin et ses amis se présentèrent devant la porte mais l'accès leur fut refusé. Ils n'avaient pas de réservation et ce soir-là il fallait avoir fait une réservation. Enfin… tout le monde n'avait pas besoin d'une réservation mais eux, si. Le couple devant eux n'en avait pas eu besoin, les trois filles qui passeraient juste après n'en auraient pas besoin non plus, mais eux si. Eux ils étaient quatre. Quatre garçons non accompagnés, qui sentaient la vodka et le parfum mis en dernière minute pour tenter de masquer l'odeur de la vodka. Ils avaient besoin d'une réservation.

Après ce refus, ils tentèrent d'autres endroits, d'autres lieux, d'autres boîtes de nuit dans le secteur. Mais ce samedi-là, dans le secteur il fallait des réservations partout et eux n'avaient réservé nulle part.

Vers les trois heures du matin ils quittèrent le VIIIe arrondissement pour les Grands Boulevards où, presque désespérés, ils tentèrent d'entrer dans un pub au nom irlandais. Sans succès là encore.

Ce soir-là, ils n'étaient même pas assez bons pour entrer dans un pub au nom irlandais sur les Grands Boulevards. C'était un fiasco et pourtant, à vingt-deux ou vingt-trois ans, les pires soirées sont souvent les plus réussies. D'échec en échec Vincent et ses amis n'avaient cessé de rire. L'alcool avait presque totalement disparu de leur sang et leur périple prenait fin dans la joie. Sur le chemin du retour, ils riaient de plus en plus fort, ils se moquaient les uns des autres avec bienveillance. Cette nuit-là ils étaient tous égaux, tous égaux devant l'échec. Et ils se sentaient bien. C'était une belle nuit. Une belle nuit entre amis.

*

Benjamin, lui, assis à l'arrière, ne disait rien. Il repensait à cette scène de l'avenue Montaigne. Il repensait à cet acteur un peu plus jeune, un peu moins célèbre, qui accompagnait l'autre acteur, la star. Il s'imaginait la soirée qu'il avait dû passer, une soirée avec du champagne et des filles, une soirée interminable, inoubliable probablement, comme doivent être les soirées quand on accompagne une star.

Il se dit alors que c'était cela qu'il voulait. C'était cela qu'il méritait. Lui aussi voulait attirer tous les regards sans même avoir dit un seul mot. Quand il parlait, personne ne le regardait. Quand il ne parlait pas non plus. Personne ne le regardait jamais. Alors c'est cela qu'il devait être : une star. Ou a minima celui qui accompagne la star.

C'est à cela qu'il pensa en fermant les yeux cette nuit-là. C'est à cela qu'il pensa le lendemain et le surlendemain quand il lui fallut reprendre le travail. C'est à cela qu'il pensait quand il servait des plats à des clients qui ne le regardaient pas. C'est à cela qu'il pensait quand il changeait de travail ou quand il n'avait plus assez d'argent pour payer son loyer.

C'est à cela qu'il avait pensé pendant des années.

Et puis une nuit, quelque temps après avoir gagné au Loto, alors qu'il sortait dans une boîte de nuit parisienne avec Marc, il croisa cette star, cet acteur célèbre qui avait dix années de plus mais n'était plus accompagné par personne.

Assis à deux tables voisines dans le carré VIP, Benjamin n'osa pas entamer la conversation. Pas tout de suite. Marc avait disparu, il était ailleurs, probablement en train de parler à une fille ou déjà dehors, déjà parti. Il n'était plus là, plus là pour l'aider, Benjamin était seul.

C'est la star qui entama la conversation :

– Tu as remarqué que les toilettes des femmes dans les boîtes de nuit à Paris c'est…

– Quoi ?

– Les toilettes des femmes dans les boîtes de nuit à Paris, c'est l'endroit où il y a le plus de connasses au mètre carré. T'es pas d'accord ?

– Je… je ne sais pas… Je n'ai jamais été dans les toilettes des femmes.

– Eh bien je te le dis ! C'est à celle qui sera la plus hautaine, la plus prétentieuse. Elles essayent toutes de montrer à l'autre qu'elles sont au-dessus, qu'elles sont plus belles, plus sexy, alors qu'il n'y a pas d'hommes, alors qu'elles sont seules dans des toilettes glauques où ça sent la pisse. Il faut avoir une tête de connasse sinon les autres filles te marcheront dessus ! Tu gagneras le respect si tu es une connasse. Si tu souris, si tu es gentille, polie, douce, tu n'auras que leur éternel mépris ! T'es pas d'accord ?

– Je… je ne sais pas… Je n'ai jamais été dans les toilettes des femmes.

L'acteur vedette parlait à Benjamin comme parlent les gens qui ont trop bu. Il se penchait à son oreille pour se faire entendre et la conversation se prolongea. Et plus la conversation se prolongeait plus Benjamin se disait que la star n'était pas très sympathique. Et plus il se disait ça plus il se sentait fort. Oui, il s'était senti fort ce soir-là. Il était riche maintenant. Il était à l'intérieur, à côté, juste à côté de la star. Il était presque son égal. Ils étaient deux hommes riches et célibataires qui attendaient, assis, un verre à la main, que la soirée s'embrase. Ils étaient des amis qui venaient de se rencontrer et ne se reverraient probablement plus jamais.

Le lendemain, après avoir dormi toute une partie de la matinée, Benjamin déjeuna avec Jeremy pour lui raconter sa fabuleuse aventure qui sonnait pour lui comme une magnifique revanche.

Jeremy avait trouvé cette histoire pathétique. Sortir en boîte de nuit à cet âge-là, sortir au milieu de la semaine, dormir toute une partie de la matinée… Tout ça pour quoi ? Jeremy ne comprenait pas, ne pouvait pas comprendre.

Il trouvait les idées de la star d'une stupidité confondante, son point de vue sur le monde d'une bêtise totale. Comment Benjamin pouvait-il être fasciné par ça ?

– L'amour ça n'existe pas, avait ajouté l'acteur. Les femmes bien ça n'existe pas, c'est un concept inventé, c'est de la fiction. Je vais t'expliquer comment ça marche. Si un jour tu tombes amoureux d'une femme et que tu me la présentes, si je la drague, si j'essaie de la séduire elle repartira avec moi. Tu sais pourquoi ? Parce que je suis plus riche, plus célèbre, plus puissant que toi. Mais attends, c'est pas fini. Si je tombe amoureux de cette fille et que je la présente à DiCaprio eh bien elle repartira avec DiCaprio. Parce qu'il est plus riche, plus célèbre, plus puissant que moi. Et si DiCaprio la présente à Obama… Tu as compris. Une femme ira toujours vers le plus puissant, c'est comme ça. C'est comme ça que ça marche.

– Tu te rends compte que c'est n'importe quoi ? s'était offusqué Jeremy.

– Non, il a raison ! C'est lui qui a raison. C'est la vérité. C'est pour ça que je suis célibataire.

– Tu es célibataire parce que tu es un idiot de trente-cinq ans qui sort encore en boîte de nuit. Ça va durer jusqu'à quand ? Il y a des femmes qui sont probablement comme ça et c'est triste.

Ces femmes-là elles sont aussi perdues que ton ami star. Elles sont perdues c'est tout. Mais il y a des femmes incroyables tu peux me croire. Et l'amour ça existe, c'est la chose la plus incroyable dans ce monde.

– Tu es amoureux, toi ? Tu l'aimes encore, Aude ?

– Je… Je ne sais pas… Mais l'amour ça existe tu peux me croire. Ça existe !

Quelques semaines plus tard Benjamin et Marc sortirent dans la même boîte de nuit. Ils s'assirent à la même table. Dans le même coin VIP. Avec la même bouteille de champagne devant eux.

À côté, la star était là. Un verre à la main.

Benjamin se pencha pour lui parler. La star, ne l'ayant pas reconnu, tourna la tête de l'autre côté.

– 14 –

MARSEILLE

Jeremy avait donc été vu pour la dernière fois à Marseille, marchant seul sur la Corniche.

C'est toujours étonnant les coups de foudre. Il y a les coups de foudre amoureux, les coups de foudre amicaux et les coups de foudre pour un endroit, pour une ville. Jeremy était tombé amoureux de cette ville. Immédiatement. Instantanément.

Avant qu'il la découvre, Marseille pour lui c'était Chicago. C'était le Bronx. C'était un de ces endroits dans le monde qu'il vaut mieux ne jamais traverser. Abreuvé toute sa vie de Parisien par de stupides préjugés, il imaginait des rues sales et dangereuses, des plages bruyantes et dangereuses, des restaurants miteux et dangereux. Il s'imaginait des coins sombres, des impasses où se retrouvent dealers et maquereaux, et des habitants, des centaines de milliers d'habitants parlant avec un accent chantant pour mieux vous escroquer.

Jeremy détestait Marseille avant même de la connaître.

Et puis un jour il l'a connue, il l'a rencontrée comme on rencontre la femme de sa vie. Le temps s'arrête un peu, les aiguilles de l'horloge tournent au ralenti. C'est étrange les coups de foudre. Ce n'est pas rationnel.

C'est d'abord la couleur du ciel qui l'a marqué quand il est arrivé à la gare Saint-Charles. Une couleur bleue, un bleu particulier, un bleu sans gris, un bleu clair. Translucide.

On était en octobre et là-bas, à trois heures de train, c'était encore l'été, l'été qui se prolongeait. Paris au loin traînait sa mélancolie tandis que lui respirait pour la première fois depuis des années.

Ce jour-là et les jours d'après, il traversa la ville de part en part, de port en port, du nord au sud. Il visita tout ce qu'il y avait à visiter mais l'essentiel était ailleurs, dans ce que l'on ne pouvait pas voir, dans ce que l'on ne pouvait pas visiter. Jeremy ressentait cette ville, ses vibrations, ses sursauts, ses chuchotements. Il ressentait le frisson des premières fois, l'émotion devant l'inconnu. C'est une passion qui naissait en lui. Il découvrit le Prado, la Canebière, le Panier, le cours Julien et le vallon des Auffes avec le même enchantement. Il était un touriste, il était en vacances de lui-même. Il se sentait libre. Cet amour était aussi irrationnel que caricatural mais il s'en fichait. C'était sa vision de Marseille, sa vision à lui. Une vision idyllique peut-être, fantasmée sans doute mais il était heureux. Heureux pour la première fois depuis longtemps.

Il n'avait pas envie d'émettre la moindre réserve, le moindre jugement. Cette ville était imparfaite mais il y avait dans cette imperfection une incroyable poésie. Il avait la sensation que cette ville vivait différemment, à l'écart des règles établies. Il y avait une audace, du panache. Il y avait quelque chose, quelque chose de plus grand, de plus puissant qu'ailleurs. Une énergie singulière, presque mystérieuse.

Sur l'autoroute en arrivant dans les Bouches-du-Rhône, il avait lu un graffiti : LA VIE EST (RE)BELLE. Marseille est une ville rebelle, toujours conquise, jamais soumise. Une ville différente. Une ville-monde ouverte à tous, difficile à apprivoiser. Une ville où il faut s'intégrer, se perdre dans la foule, se fondre dans la masse et pourtant rester soi-même.

Jeremy à cet instant précis de sa vie n'avait

plus la moindre idée de qui il était, de qui il était vraiment. Il ne voulait plus être le fils, l'ami ou le mari. Il ne voulait plus être le gentil Jeremy qui n'avait rien d'autre à offrir que sa gentillesse. Il ne voulait plus de cette jalousie sourde qui le hantait de jour comme de nuit, cette haine qui montait en lui quand il voyait ses anciens amis devenus ennemis. Il voulait se perdre. Se perdre sans GPS, se tromper de chemin, s'aventurer, prendre la route sans qu'une voix mécanique le rappelle à l'ordre et lui conseille sagement de faire demi-tour.

Aujourd'hui, les smartphones et les ordinateurs connaissent les goûts de chacun, leurs préférences, et guident leurs choix à venir. Des algorithmes proposent en permanence des plats, des musiques, des films correspondant à ce qu'ils aiment, à ce qu'ils recherchent. Ils anticipent leurs besoins et les condamnent à être eux. Eux en permanence.

Jeremy pour se trouver voulait être un autre. Et dans cette ville il pouvait écrire une nouvelle histoire. Une histoire où il ne serait pas passé à côté d'une immense fortune. Il faut parfois quelques kilomètres pour trouver une terre nouvelle, un nouveau langage. Huit cents kilomètres ce n'est rien ou pas grand-chose. C'est à côté. C'est de l'autre côté du monde.

Quelques jours seulement après son arrivée il

avait jeté son téléphone portable. Il était décidé à ne plus jamais revenir. Il avait pris sa décision sans trop y réfléchir, dans une sorte d'impulsion, comme si c'était la meilleure chose à faire, la seule chose à faire. Il allait dire au revoir, il allait dire adieu à sa vie d'avant, sa vie à Paris, cette Ville lumière au ciel toujours gris. Il enverrait une lettre recommandée pour démissionner. Ou alors il n'enverrait rien, rien du tout. Il s'était perdu, perdu en route, c'était fini, terminé. C'est ici qu'il continuerait sa vie, ici qu'il recommencerait, qu'il repartirait de zéro. Un nouveau départ avec la mer, l'immensité de la mer comme seul horizon.

À Marseille la mer est partout, où qu'on aille ou presque la mer est là, toujours là, d'une beauté à couper le souffle.

Jeremy devint un Marseillais d'adoption en quelques semaines seulement.

Il aimait se promener le long de la Corniche, trois kilomètres de corniche, du Cercle des nageurs jusqu'à la Pointe-Rouge… et les Goudes un peu plus loin, à quelques minutes. Les Goudes c'est le paradis, c'est au bout de Marseille, c'est un autre monde. Il allait également dans les calanques parfois et dans les montagnes aussi. Il allait partout et nulle part, il se laissait porter, libre. Il était libre.

À Paris, dans les quartiers les plus pauvres, on ne voit pas la mer. En banlieue parisienne non plus. On ne voit que la misère du matin au soir. À Marseille c'est différent, il y a la misère bien sûr, il y a la plus extrême des pauvretés qui comme partout côtoie la richesse la plus indécente mais tout y est différent.

En région parisienne les jeunes quittent leur quartier pour rejoindre la capitale. Ils prennent le RER ou l'autoroute, ils font des dizaines de kilomètres mais une fois sur place tout leur est interdit. Les meilleures boîtes de nuit, les meilleurs restaurants, tout est très cher, trop cher, hors de portée. En région parisienne les différences sociales sont violentes, injustes, et cette injustice est source d'une extrême frustration pour ceux qui la subissent au quotidien. À Paris, les riches et les pauvres se croisent sans jamais se toucher. Ils s'évitent. Les plus riches évitent les plus pauvres.

À Marseille, les différences sociales sont tout aussi violentes, tout aussi injustes mais il y a le soleil, il y a la mer, cette mer qui offre à tous les mêmes possibilités. Les riches, les pauvres et tous les autres se retrouvent sur une crique à boire des bières, à manger des pizzas. C'est comme ça que l'on se drague, c'est ici que l'on s'embrasse, que l'on s'amuse, que l'on se retrouve entre amis, c'est ici que l'on plonge du haut de la Corniche, c'est ici que l'on se retrouve quand on est seul. Sur ces criques face à la mer il y a des jeunes, des moins jeunes, des plus jeunes du tout. Il y a de la musique, des gens qui chantent, des gens qui crient ou qui se taisent. Et quand il n'y a plus de bruit, quand il n'y a plus de monde, il reste le bruit de la mer, le bruit des vagues.

*

Jeremy avait donc été vu pour la dernière fois à Marseille, marchant seul sur la Corniche.

Il marchait seul et derrière lui une femme. Une femme qui peu à peu le rattrapait.

Une fois arrivée à son niveau, elle lui prit la main. Ils s'arrêtèrent un instant pour regarder la mer ensemble. Il l'embrassa. Avec la plus grande délicatesse possible. Avec douceur. Il était heureux.

Et puis soudain, parce que le bonheur ne dure jamais très longtemps, une voiture s'arrêta brusquement. Trois policiers descendirent du véhicule et se dirigèrent vers le couple. Sans explication, sans un mot ils les embarquèrent avec eux et la voiture démarra. Et la sirène résonna alors sur la Corniche et ses environs.

Le paradis sur terre ça n'existe pas. Et à Marseille comme ailleurs, l'enfer n'est jamais très loin.

– 15 –

GARDE À VUE

Jeremy s'est évanoui. Quand le policier lui annonça la raison de son interpellation il n'a pas résisté. Le choc était trop rude, trop violent, comme un coup porté directement à la tête, dans le crâne.

Vincent était mort. Et Jeremy était le principal suspect. Le seul suspect à ce jour. Et le mobile était trouvé, tout trouvé, tout était clair et limpide dans l'esprit de tout le monde : Jeremy avait tué son ami d'enfance par pure jalousie. Il était passé à côté d'une somme d'argent colossale, il ne l'avait pas supporté et sa haine, une haine sourde, l'avait poussé, dans un accès de colère, dans un élan de désespoir, à tuer celui qui à ses yeux représentait la plus belle réussite. Et puis il s'était enfui.

Ne donnant aucune nouvelle à personne il s'était enfui loin de la capitale pour que personne ne le retrouve.

*

Dans un premier temps, Jeremy ne put donner la moindre explication.

Il bredouillait, s'embourbait, se contredisait parfois avant de s'évanouir. S'évanouir encore.

La vie pour lui s'était accélérée. Le bonheur de la Corniche lui semblait loin, bien loin, presque étranger à présent. L'horizon bleu de la mer avait été remplacé par une petite pièce de douze mètres carrés où se trouvait un agent de police qui le regardait avec mépris. Coupable avant même d'avoir pu se justifier, il n'avait pas les mots. Pas encore. Pour l'instant c'est à Vincent qu'il pensait. À cet ami qui avait été poignardé et que l'on avait retrouvé le corps inerte dans une église parisienne.

Le policier présent ce matin-là se tenait debout, droit devant Jeremy qui ne pouvait soutenir son regard.

Il en avait vu dans sa carrière des criminels. Il se vantait de pouvoir les repérer en une fraction de seconde. Quand un accusé entrait dans une pièce, il savait. Il savait immédiatement.

Coupable ou innocent. Pour lui la vie était binaire. Il y avait les bons d'un côté, les méchants de l'autre. Mais pour une fois, il ne savait pas. Il ne savait pas vraiment. Il hésitait.

Il en avait vu par le passé des accusés tombant dans les pommes. Et presque à chaque fois c'était du cinéma et la preuve irréfutable de leur culpabilité. Le temps d'un instant ils s'improvisaient comédiens et, surjouant l'émotion, ils se jetaient à terre, ils hurlaient, se laissaient tomber. Et puis ils se relevaient, et puis ils criaient au complot, à l'injustice, et puis ils essayaient de pleurer avant de retomber au sol.

C'était parfois drôle à regarder, parfois triste, souvent pathétique.

Cette fois-ci il ne savait pas.

Ce Jeremy qui ne pouvait retenir ses larmes avait l'air sincère… et pourtant quelque chose lui semblait étrange. Il ne tremblait pas.

Les innocents tremblent en général. Ils tremblent parce qu'ils ont peur, parce qu'ils sont terrifiés. Comment se justifier d'un crime que l'on n'a pas commis ? Comment un homme accusé à tort peut-il se défendre si ce n'est en bredouillant qu'il n'a rien fait ? Et comment démontrer que l'on n'a rien fait ? Les innocents se défendent toujours plus mal que les coupables parce que les coupables connaissent les faits.

Jeremy ne se défendait ni bien ni mal, il ne se défendait pas.

En tout cas pas tout de suite, pas au début.

Il lui fallut attendre plus de vingt-quatre heures avant de parler.

La garde à vue avait été prolongée et l'avocat commis d'office qui s'occupait de lui depuis les premières heures lui avait conseillé de se taire, de ne surtout rien dire.

Puisque le silence est un droit, répondre aux questions était dangereux mais Jeremy avait envie de parler même si parler maintenant c'était un risque. Il était encore sous le coup de l'émotion bien sûr et jamais il ne pourrait choisir ses mots comme il faut les choisir dans ces cas-là. Et pourtant, il avait envie de parler maintenant. Il en avait besoin sans doute.

*

Après avoir été menotté, photographié, après vingt-quatre heures sans dormir, enfermé dans une cellule sale et vétuste qui sentait le vomi, il était prêt à raconter la vérité. Sa vérité.

– Je ne comprends pas. Je ne comprends pas ce qu'il s'est passé.

– Je ne vous demande pas si vous comprenez, je vous demande ce que vous faisiez ce jour-là. Ce que vous faisiez le jour du meurtre, le jour où votre meilleur ami s'est fait assassiner. Où est-ce que vous étiez ?

– À Marseille. J'étais à Marseille.

– Avec qui ?

– Avec…

– Quelqu'un vous a vu ?

– Oui. Oui quelqu'un m'a vu. J'étais avec elle. Avec Dóra. Toute la journée.

– Et à part Dóra ?

– Non. Je ne sais pas.

– Vous ne savez pas quoi ?

– Je pense que ce jour-là… Je ne sais plus, c'est un peu flou. Je pense que ce jour-là on est resté chez nous. Je crois.

– Donc personne ne vous a vu ce jour-là ? À part Dóra ?

– Non.

– Donc ce jour-là vous étiez peut-être à Marseille peut-être à Paris. Personne ne peut le savoir. À part votre petite amie. C'est bien cela ?

– Oui.

– Et vous habitez ensemble à Marseille ? C'est pour elle que vous avez quitté votre femme ?

– Non.

– C'est pour elle que vous avez quitté votre femme, votre travail, votre ville ?

– Mais pas du tout ! J'ai quitté ma femme parce que ça n'allait plus. Parce qu'on n'arrivait plus à… Je suis vraiment obligé de parler de ça ?

C'est très personnel et en même temps c'est à peu près ce qui arrive à tous les couples sur terre. La lassitude. Après des années de vie commune nous n'étions plus vraiment un couple, ni même des amis. On était l'un contre l'autre. Il me semble qu'avec le temps la tendresse avait presque complètement disparu. Elle vous dirait que c'est depuis que Vincent, Benjamin et Marc ont gagné à l'EuroMillions mais c'est faux. Quand on a perdu notre bébé, quand elle a fait sa fausse couche c'est là que… Plus rien n'a été pareil après ça. Et c'est normal. Ça nous a détruits je crois. Au début on s'est battu, on s'est accroché pour ne pas sombrer mais on a fini par… C'était trop dur. On a tout essayé, on a même pris un petit chien, mais rien n'a marché, rien n'a fonctionné. Elle détestait ce petit chien. Et plus elle le détestait plus je lui montrais combien moi je l'adorais. J'avais envie de la provoquer je crois. Je passais toute une soirée à caresser notre chien alors que je ne la regardais même plus. Je pourrais dire que je ne le faisais pas exprès mais… j'étais parfaitement conscient de ce que je faisais. Et je savais ce qu'elle ressentait. Je voulais la blesser. Lui faire de la peine. Je voulais provoquer quelque chose. Une discussion, une dispute, une séparation. Quelque chose. On était arrivé au bout et je n'avais pas le courage de l'admettre. Je ne l'aurais jamais trompée. Et elle non plus je crois. On ne s'aimait plus, c'est tout. Un soir je suis rentré après avoir rendu visite à ma mère. Je suis rentré avec un gâteau au chocolat qu'elle avait préparé pour nous. Ma mère aimait beaucoup Aude. Et je ne sais pas pourquoi, je ne pourrais pas vous expliquer pourquoi mais Aude a regardé ce gâteau avec un tel mépris, avec un tel… j'ai su que c'était fini. Définitivement. Il y avait dans son regard une façon de dire je vous hais, toi et ta famille. Ce n'était rien, et pourtant, dans ce petit rien il y avait la fin d'un monde. Rien ne vaut la saveur des goûts de l'enfance. Je peux manger le meilleur des gâteaux dans le meilleur des restaurants étoilés, rien ne vaudra le gâteau au chocolat de ma mère. Aude savait combien j'aimais ce gâteau et combien ce regard me blesserait. Elle voulait provoquer quelque chose à son tour. Une discussion, une séparation, une dispute. Quelque chose. Je n'ai rien dit. Sur le moment je n'ai rien dit. Je suis parti me coucher mais je savais que… Je savais que c'était la dernière fois que je dormirais dans ce lit. Je ne sais même plus si j'ai dormi dans le lit. Peut-être que je suis parti dormir dans la chambre d'ami. C'est une chambre qu'on avait, une petite chambre qui devait être la chambre du bébé et qui est devenue une chambre d'ami qui n'accueillait jamais aucun ami. Le lendemain je suis parti, j'ai pris un billet pour Marseille et j'ai quitté la ville. Je ne suis jamais revenu.

– D'accord. Donc vous êtes parti pour Marseille le lendemain.

– C'est ça.

– Vous avez pris un aller sans retour ?

– Exactement.

– Et pourquoi Marseille ?

– Parce que… parce que j'aime cette ville.

– Depuis quand ?

– Depuis toujours.

– Avant votre départ combien de fois aviez-vous été là-bas ?

– À Marseille ?

– Oui.

– Je ne sais plus. Avec mes amis on allait au Vélodrome de temps en temps…

– Au stade Vélodrome ? Et vous dormiez à Marseille après le match ?

– Oui.

– Pas à Aix ?

– Si, à Aix aussi.

– À Aix aussi ou seulement à Aix ?

– Je ne me souviens plus très bien, c'était il y a longtemps.

– Votre ami Marc s'en souvient assez bien visiblement. Et selon lui, vous avez été trois fois ensemble au stade Vélodrome, pour voir deux défaites et un match nul de l'OM si je ne me trompe pas, et les trois fois vous avez dormi dans un hôtel à Aix-en-Provence. À chaque fois le même hôtel. Selon votre ami aucun d'entre vous n'avait la moindre envie de rester à Marseille avant ou après le match. Et pourtant il y a des hôtels à Marseille. Enfin il me semble. Il y a des hôtels à Marseille, non ?

– Oui.

– Alors je vous repose ma question, depuis quand est-ce que vous aimez cette ville ?

– Je ne sais plus.

– Vous ne savez plus quoi ? Parce que votre petite amie, Dóra, avec un accent sur le o, nous a dit que vous vous étiez rencontrés il y a plus d'un an. Et il y a plus d'un an vous étiez encore en couple avec votre femme. Elle nous a dit aussi que c'était elle qui habitait à Marseille. Que c'était elle qui vous avait fait découvrir la ville. Alors je vous repose ma question : est-ce que c'est pour elle, pour cette Dóra que vous avez quitté votre femme, votre travail et votre ville ?

– Et je vais vous répondre ce que je viens de vous répondre : non. J'ai quitté ma femme parce qu'on ne s'aimait plus. J'ai quitté ma ville parce que je ne l'aimais plus. Et j'ai quitté mon travail parce que je ne l'avais jamais aimé. J'ai eu un coup de foudre pour Marseille. Ça arrive.

C'est une ville contradictoire, une ville avec une énergie folle. Je suis tombé amoureux de cette ville c'est tout, c'est aussi simple que ça. C'est une ville où je me suis senti bien dès la première seconde. C'est comme ça. Je ne saurais vous expliquer pourquoi. C'était la ville dont j'avais besoin pour me reconstruire. Là-bas tout était nouveau, tout était neuf et je m'y sentais bien... Je m'y sens bien. Et c'est vrai, c'est Dóra qui m'a fait visiter la ville la première fois. C'est elle qui connaissait ce qu'il y avait à connaître, qui avait vu ce qu'il y avait à voir. Elle habitait déjà là-bas c'est vrai.

– Et vous l'avez rencontrée quand ? Il y a un peu plus d'un an ?

– Peut-être. Je ne sais plus.

– Il y a quelque chose que je ne comprends pas. Quelque chose qui n'est pas cohérent et je vous assure, je dis ça pour vous, vous avez tout intérêt à ce que tout ce que vous disiez soit parfaitement cohérent. Parce que pour l'instant vous êtes coupable. Je vous le dis vous êtes coupable et ce qu'il s'est passé est très clair. C'est très clair pour tout le monde. Vous étiez une bande de quatre amis, tout allait bien et un jour vous avez fait la connerie de votre vie. Le genre de connerie qui fout toute une vie en l'air. Vous êtes passé à côté de plusieurs millions d'euros. Plusieurs millions d'euros !

Vous vous rendez compte ? Ça détruirait même le plus fort d'entre nous. C'est vrai, c'est un cauchemar. Vous avez arrêté de jouer un an et demi avant que vos amis gagnent le gros lot. C'est terrible. C'est terrible et vous ne vous en êtes jamais remis. Et votre haine n'a cessé d'augmenter. Et vous avez perdu un enfant. C'est le monde qui s'écroule alors vous en avez choisi un, au hasard. Ou alors non ce n'était même pas un hasard, vous avez choisi le plus beau, le plus charismatique, celui qui avait la vie la plus belle et vous l'avez tué. Vous l'avez suivi jusque dans cette église et vous l'avez poignardé dans le dos. Et après vous avez fui, vous avez pris un aller simple pour Marseille en espérant que personne ne vous retrouve jamais.

– C'est n'importe quoi. Jamais je n'aurais fait ça. J'adorais Vincent. Je l'aimais. C'est vrai, c'était mon ami, mon ami d'enfance. On ne se voyait plus beaucoup mais… Jamais je ne l'aurais tué. Je suis très triste qu'il soit mort. Je… Je ne le savais même pas. Je vous le jure. Je n'étais au courant de rien. J'ai changé de téléphone, de numéro de téléphone, d'adresse mail. Je voulais vraiment changer de vie. Tout recommencer. J'ignorais qu'il était mort.

– Je ne vous crois pas. Depuis tout à l'heure, depuis qu'on est là vous n'arrêtez pas de mentir. Je ne vous crois pas.

– J'ai trompé ma femme. Aude. Je l'ai trompée avec Dóra. Ne lui dites rien je vous en supplie. Elle n'a pas besoin de savoir ça. Elle essaie de se reconstruire elle aussi. Et ne dites rien à Dóra non plus. Quand on s'est rencontré je lui ai dit que j'étais célibataire. Je suis tombé amoureux de cette femme. Fou amoureux. Ça a été comme une déflagration. Comme si tout ce que j'avais vécu avant n'était qu'un échantillon. Un échantillon de ce que pouvait être l'amour. Elle m'a bouleversé. Ça n'allait plus avec ma femme, ça n'allait plus du tout. Je devais être ouvert probablement, je devais être ouvert alors que jusque-là je n'avais jamais posé le regard sur aucune autre femme. Jamais. Quand j'ai rencontré Dóra elle a tout changé. Tout a changé. Elle m'a donné une raison d'avancer. Elle est tellement douce… Et pure. C'est une femme qui… Comment vous expliquer ça ? C'est une femme qui a souffert, qui a beaucoup souffert mais qui s'est toujours relevée de tout. Moi je me plaignais, je passais mon temps à me plaindre mais elle… elle est forte. Elle fait de son mieux, elle fait de son mieux tout le temps, pour elle et pour les autres. Elle m'a aidé à me recentrer, à méditer sur moi, pour aller mieux, pour aller bien. C'est la femme de ma vie. Et je l'ai su tout de suite. Je l'ai su instantanément. J'étais marié à une autre, marié depuis très longtemps mais c'était elle, c'était évident. J'avais rencontré la femme de ma vie. Et ça, c'est une chance. Une chance qu'on ne peut pas, qu'on ne doit pas laisser passer. Quand on est jeune on pense que l'amour c'est quand une histoire fait mal, quand il y a des cris, des hurlements, des réconciliations et encore des cris, encore des hurlements et des réconciliations… mais c'est faux. C'est complètement faux. Ça c'est la passion. La passion amoureuse c'est subir et souffrir. L'amour c'est la paix. C'est quand on sait. Quand on ne se pose plus jamais la moindre question. Au début j'ai hésité à être moi-même, bien sûr. Par habitude. Par peur. Je me suis dit que je n'étais pas suffisamment fort, pas suffisamment beau, pas suffisamment intelligent… Mais dans ses yeux je suis fort, je suis beau. Pas le plus fort, pas le plus beau. Juste moi. Elle me voit comme je suis vraiment. Et elle m'aime pour ce que je suis, pas pour ce que j'aimerais être. Avec elle j'ai compris. J'ai compris que je devais me soigner, que je devais apaiser mes colères, mes rancœurs, j'ai compris que je devais apprendre à m'aimer avant de pouvoir aimer les autres. C'est bête à dire, c'est un peu basique peut-être mais cette pensée-là a changé ma vie. Je n'ai pas tué Vincent. Je ne l'ai pas tué. J'ai pu le détester parfois. J'ai pu le haïr par moments parce que par moments c'était un vrai con mais je ne l'ai pas tué. Je n'ai pas réussi à me réjouir pour eux, ça c'est vrai. Je leur en ai voulu et je leur en veux toujours. Et je m'en veux aussi. Et j'en veux à Aude. Mais je vais leur pardonner. Et je vais me pardonner. Je sais que ça commence par là. Je ne dis pas que ce sera facile mais je vais faire de mon mieux. Je vais faire de mon mieux.

– C'est très touchant. Et j'ai envie de vous croire. Je vous assure, j'ai vraiment envie de vous croire mais j'ai un problème. Un vrai problème. On a retrouvé l'arme du crime. On a retrouvé le couteau qui a servi au tueur pour assassiner la victime. Et je dois vous le dire Jeremy, je dois vous le dire pour être tout à fait honnête avec vous : on a retrouvé vos empreintes sur le couteau. Vos empreintes Jeremy. Vos empreintes. Sur l'arme du crime.

– 16 –

JARDIN DU LUXEMBOURG

Ce jour-là il faisait beau à Paris. Un soleil d'hiver illuminait le jardin du Luxembourg où Lisa avait donné rendez-vous au Russe.

Il était seize heures, des enfants jouaient au ballon, des amoureux s'embrassaient assis sur l'herbe malgré le froid, et au milieu de ce décor de carte postale, Lisa attendait sur un banc. Elle était là cette fois, en avance.

Le lendemain de l'enterrement elle avait téléphoné au Russe, s'excusant de n'avoir pas pu venir et lui proposant un nouveau lieu, une nouvelle date, un nouvel horaire. Et le Russe avait dit oui bien sûr, sans fausse hésitation. Il avait dit oui sans vérifier son emploi du temps. Il serait libre de toute façon, il serait libre pour elle.

Elle avait proposé le jardin du Luxembourg parce que ce jardin-là c'était un peu ses vingt ans. Elle y passait des heures quand elle était plus jeune, quand elle était encore étudiante. C'était le temps de Saint-Michel, le temps des boîtes de jazz, des cafés entre copines, des discussions interminables sur l'art, sur la beauté, c'était le temps des passions, des emportements, le temps où elle était innocente, pas encore mariée, pas encore maman, pas encore veuve.

Lisa avait besoin d'air.

En arrivant le Russe ne put s'empêcher de la trouver belle. Elle était élégante avec son long manteau noir, son col roulé noir et son écharpe grise.

Il sentit presque immédiatement, il ressentit dès le bonjour qu'elle avait besoin de lui.

Jeremy avait été inculpé du meurtre, l'enquête était presque terminée alors que voulait-elle, qu'attendait-elle ?

– Ça ne peut pas être lui ! Ça ne peut pas être Jeremy ! Je le connais… Je le connais depuis des années. Il n'aurait jamais pu faire ça. Ça ne peut pas être lui.

– Je… Je comprends mais…

– Expliquez-moi. Racontez-moi ce qu'il s'est passé. Je vous en supplie.

Le Russe ne savait pas s'il avait le droit de tout dire mais elle avait besoin de savoir alors il lui dirait tout ce qu'il savait.

Son mari avait été retrouvé inerte dans une église. L'église de la montagne Sainte-Geneviève. Le corps avait été découvert à dix-huit heures quarante-cinq par le sacristain et les experts médicaux en avaient conclu après plusieurs analyses que le meurtre avait dû avoir lieu moins d'une heure plus tôt, soit aux environs de dix-sept heures quarante-cinq. Un couteau de cuisine avait été retrouvé juste à côté du corps avec du sang de la victime sur la lame et les empreintes de Jeremy sur le manche.

L'enquête était bientôt terminée et pour les enquêteurs il n'y avait plus guère de doute : Jeremy était coupable. Il y avait un mobile : la jalousie. Il y avait la fuite dans une autre ville. Et puis aussi, et puis surtout, il y avait les empreintes sur le couteau.

– Il a déménagé à Marseille avant le meurtre de mon mari ! Il n'a pas fui là-bas, il habitait déjà là-bas.

– La police en a conclu que c'était un meurtre avec préméditation. Il avait semble-t-il préparé sa fuite à venir.

– Est-ce qu'il y a une preuve qu'il était à Paris ce jour-là ? Est-ce qu'il y a la moindre preuve ?

– Il n'y a aucune preuve qu'il était à Marseille ce jour-là. Personne ne l'a vu à part sa petite amie.

– Qui dit avoir passé la journée avec lui !

– Son témoignage ne comptera pas. Il n'a aucune valeur aux yeux de la justice. Elle veut le protéger. Ça arrive tout le temps dans ce genre d'histoire.

– Mais vous n'avez pas retrouvé de billet de train pour Paris ? Ni de billet d'avion ? Ni aucun ticket de caisse d'un quelconque péage sur la route entre Marseille et Paris ?

– Non. Mais… Il a… Il a pu prendre un petit chemin, une route départementale ou nationale.

– Mais pour prendre un petit chemin, même une route départementale ou nationale, il faut de l'essence, non ? Entre Marseille et Paris il faut au moins faire deux fois le plein et il n'y a aucune trace d'un paiement dans aucune station-service. Ni de son compte ni du compte de sa nouvelle petite amie. Ni ce jour-là ni les jours d'avant ni les jours d'après. Et il n'y a pas la moindre trace non plus d'un retrait d'espèces.

– Vous êtes très bien renseignée.

– Mais évidemment que je suis très bien renseignée ! C'est mon mari ! C'est mon mari qui est mort ! Et je veux savoir qui l'a tué ! Et je vous dis que ce n'est pas Jeremy ! Je le sais ! J'en suis sûre ! Pourquoi un homme qui était enfin heureux voudrait-il tout gâcher en tuant son ami d'enfance ? Ça n'a pas de sens !

Lisa était convaincue de ce qu'elle avançait. Ou peut-être voulait-elle se convaincre que ce n'était pas Jeremy. Elle l'aimait bien, Jeremy, cet ami de son mari qu'elle avait toujours connu. Peut-être que s'il était coupable la douleur serait plus intense, plus profonde encore. Peut-être que cette trahison serait pour elle comme une blessure supplémentaire et qu'elle se refusait à souffrir davantage, elle qui avait déjà beaucoup trop souffert. Et comment expliquer à ses enfants, à ses deux petites filles, que celui qu'elles avaient l'habitude d'appeler tonton était celui qui avait par une froide journée d'hiver assassiné leur père ?

– Et son téléphone ? demanda-t-elle.

– Il n'a borné nulle part ce jour-là.

– Eh bien voilà !

– Ni à Paris…

– C'est une preuve !

– Ni à Marseille. Ni nulle part ailleurs. Il a résilié son abonnement il y a plusieurs mois maintenant. Et depuis il n'a plus de smartphone. Plus de forfait. Il achète des cartes prépayées. Vous voyez, ça pour la police c'est assez étrange. Ce sont les dealers qui dans la grande majorité des cas utilisent des cartes prépayées et des téléphones à l'ancienne. Ce sont les gens qui se cachent, qui fuient quelque chose.

Lisa ne voulait rien entendre et le Russe ne trouvait les mots ni pour la rassurer ni pour la convaincre. Et quand elle lui demanda s'il y avait d'autres suspects il ne put répondre que par la négative.

Et pourtant il devait y avoir d'autres suspects, d'autres coupables potentiels, elle en était sûre, elle en était certaine. Peut-être Vincent avait-il été tué par un inconnu dans la rue ? Ou un inconnu dans l'église ? Peut-être avait-il été victime d'un tueur en série ou de quelqu'un d'autre. N'importe qui d'autre qui ne serait pas Jeremy. Ni Benjamin. Ni Marc. Ni un parent, ni un proche. Peut-être qu'il avait une maîtresse qui aurait pu le tuer. Ou peut-être était-ce le mari de sa maîtresse. Peut-être avait-il un ennemi. Ou même plusieurs ennemis. Le coupable travaillait peut-être avec lui. Un collaborateur ou un assistant ou encore un stagiaire lassé de subir le caractère parfois féroce de son patron. Lisa avait évoqué le prénom d'Yvan, qui travaillait depuis plusieurs années au cabinet. Il avait selon elle de très mauvaises relations avec Vincent. Lisa n'aimait pas cet Yvan. Elle ne l'avait jamais aimé. Il était tout à la fois hautain et servile. Fort avec les faibles, faible avec les forts. Il n'aspirait qu'à une seule chose, devenir associé, ce que lui promettait Vincent depuis de longues années. Lisa n'aimait pas Yvan. Elle ne l'avait jamais aimé alors aujourd'hui elle avait l'intime conviction que c'était lui le coupable, que c'était lui qui avait lâchement poignardé son mari. Ou alors ce n'était pas une conviction, c'était un espoir, une autre piste, plus acceptable, moins douloureuse.

Le Russe l'écoutait parler sans rien dire, fuyant son regard pour ne pas trop la voir. Et tandis qu'elle lui parlait, lui ne pouvait s'empêcher de penser : « Est-ce que je suis bien coiffé ? »

Pourquoi était-il à ce point obsédé par sa coiffure ? Peut-être parce que malgré tous ses efforts pour faire de ce rendez-vous professionnel un rendez-vous professionnel, il avait envie qu'elle le voie comme lui avait envie qu'elle le voie : à son avantage. Le plus séduisant possible.

– Il avait une double vie.

– Pardon ?

– Mon mari. Il avait une double vie. Une vie qu'il gardait pour lui. C'était… C'était intime et on n'en parlait jamais. Mon mari était juif mais depuis quelques années il allait à l'église. Très souvent. Il y allait très souvent et je ne sais pas trop ce qu'il y faisait. Il priait peut-être. Un autre Dieu. Les derniers mois je crois qu'il ne mangeait plus casher quand il était en dehors de la maison. Je pense même qu'il mangeait du porc derrière mon dos. Je n'en suis pas sûre mais… Il n'en parlait à personne et surtout pas à ses parents. C'est arrivé comme ça. Ou alors non, ce fut peut-être un processus un peu plus long. Une prise de conscience. Enfin… il se posait beaucoup de questions ces derniers temps. Il répétait toujours à notre plus grande fille que le plus important dans la vie c'était le courage et la bienveillance. La bienveillance, ça l'obsédait alors qu'avant il n'était pas… il n'était pas très bienveillant… Il jugeait tout le monde, tout le temps. Et puis un jour, je ne sais plus très bien quand il a commencé à changer. Il ne voulait plus se moquer des gens. Dans la rue par exemple il n'acceptait plus qu'on parle du physique ingrat de tel ou tel passant. Je ne l'entendais plus critiquer personne. Ni ses parents, ni Marc, ni Benjamin. Personne. Alors qu'avant il critiquait tout le monde tout le temps. Enfin pas tout le temps. Souvent. Mais ça n'a peut-être rien à voir avec la bienveillance. Ou alors peut-être que si. Je ne sais pas… Est-ce qu'on peut être bienveillant et critique ? Est-ce que c'est antinomique ? Être critique et critiquer ce n'est pas forcément la même chose. On peut-être critique sans critiquer. Je ne sais pas… Bon… Il va falloir que j'y aille.

– D'accord.

– Appelez-moi si vous avez du nouveau. Vous avez regardé les photos ?

– Oui.

– Regardez bien les photos.

– J'ai bien regardé je vous assure.

– Il y a un film qu'on adorait mon mari et moi. Un film argentin. Et dans ce film, le tueur regardait sa future victime sur toutes les photos où ils étaient ensemble. Il la regardait avec un regard… un regard très particulier. Un regard fou.

– D'accord mais…

– C'est comme ça qu'il s'est fait attraper. Grâce aux photos.

– C'est un film. Dans la vie, dans la vraie vie ça ne se passe jamais comme ça.

– Regardez les photos je vous en supplie.

Lisa s'accrochait à ces photos comme à un ultime espoir. Une dernière chance que le coupable ne soit pas Jeremy, ne soit pas le plus proche ami de son mari. Elle resta songeuse un instant puis reprit :

– Vincent avait pensé à lui donner une partie de ce qu'il avait gagné.

– Pardon ?

– C'est moi qui l'en ai dissuadé. C'est moi.

– Je ne comprends pas…

– On en a beaucoup parlé… Il pensait que… Il pensait que c'était juste, que ça apaiserait ses regrets. Parce que… Jeremy avait beaucoup de regrets c'est vrai. Il s'en voulait d'avoir arrêté de jouer. Ça le faisait souffrir. Il souffrait beaucoup. Et ensuite ils ont perdu le bébé… C'était très dur. Vincent en parlait souvent. Il disait qu'ils avaient joué tous les quatre pendant si longtemps… Il disait que c'était normal que chacun puisse profiter de cette chance. Il voulait lui donner une partie de ce qu'il avait gagné. Il voulait en parler aux autres. À Marc et Benjamin. C'est moi qui l'en ai dissuadé. Je pensais que cet argent était à nous. À notre famille. Je lui ai demandé de ne rien donner. Rien. C'est moi qui… Ils se sont juste cotisés pour lui offrir une voiture. C'est tout. Jeremy ne peut pas avoir tué mon mari. Il ne faut pas que ce soit lui. Je vous en supplie, il ne faut pas que ce soit lui.

Et soudain Lisa a pleuré. Elle ne pouvait retenir ses larmes. Elle n'y arrivait plus.

Et comme ils lui semblaient loin désormais, ses vingt ans dans ce jardin du Luxembourg qui n'avait plus rien du jardin de sa jeunesse. Et comme elle se sentait seule maintenant au milieu de cette foule d'inconnus qui paisiblement continuaient leurs vies en ignorant son malheur.

Et puis, sa main effleura celle du Russe…

– 17 –

AU THÉÂTRE

Benjamin était devenu comédien.

N'ayant plus de contraintes matérielles il avait choisi de vivre son rêve. Enfin. Après des années à être serveur, vigile, vendeur, agent immobilier, il avait la chance de faire ce qu'il avait toujours rêvé de faire : jouer la comédie.

Il avait d'abord pris des cours où il avait fréquenté d'autres élèves, d'autres apprentis comédiens qui tous rêvaient de gloire et de succès. Lui ne rêvait plus ni de gloire ni de succès, il voulait juste vivre sa passion. Vivre des émotions qu'il n'avait encore jamais vécues. C'était une deuxième jeunesse qui s'offrait à lui, une jeunesse sans pression, sans peur du lendemain. Alors il lisait tout ce qu'il pouvait lire, les classiques, les pièces modernes, contemporaines, les comédies, les drames, les épopées, Shakespeare, Molière, Tchekhov, Tennessee Williams, Arthur Miller. Miller dont il avait déjà lu la pièce *Mort d'un commis voyageur* plus d'une dizaine de fois. C'était une pièce vieille de plus de cinquante ans et pourtant tout à fait moderne qui parlait de la filiation, de la lutte des classes, et des rêves aussi, surtout, qui s'évaporent au fil de la vie. Benjamin avait toujours adoré cette pièce alors il décida de la monter avec d'autres élèves de son cours. Il avait maintenant les moyens d'être acteur, metteur en scène et producteur. Il prendrait tout en charge, quel que soit le budget, quels que soient les risques. Il n'avait plus rien à perdre, tout à gagner.

Il avait choisi le premier rôle, le rôle principal, le rôle d'un vieil homme, un personnage trop vieux, bien trop vieux pour lui, mais il était libre à présent. Libre de choisir le rôle qu'il voulait avec la distribution qu'il voulait et qu'il avait choisie. Il serait un acteur de composition et comme Dustin Hoffman avant lui il jouerait le rôle d'un homme bien plus âgé. Benjamin était libre. Libre de se comparer au plus grand des acteurs.

En quelques mois il avait tout préparé, tout organisé pour que son rêve prenne vie. Aux yeux de tous il était devenu légitime. À sa place. Il était passé de jeune trentenaire décoiffé à jeune artiste. Il avait monté sa société de production, loué un petit théâtre pour trois représentations exceptionnelles, il avait engagé un décorateur, un costumier, il avait payé des affiches dans le métro, dans la rue, sur des colonnes Morris, il avait fait de son mieux. Pour la première fois de sa vie il avait fait de son mieux pour réussir.

Pendant toute la durée des répétitions Benjamin avait beaucoup pensé à Vincent. Autrefois, tous les deux avaient de longues discussions sur le théâtre, le cinéma et l'art en général. Pour Benjamin, alors que la religion passait souvent par la force, l'art touchait lui aussi au sacré mais directement par le cœur. Rien ne pouvait égaler le frisson que lui procuraient la musique de Bach ou de Vivaldi, le cinéma de Scorsese ou de Kazan, la littérature d'Albert Cohen et de Marcel Proust. Une grande œuvre avait selon lui le pouvoir de changer le cours d'une vie. Rien n'était plus grand, plus puissant que l'art.

Vincent ne partageait pas ce point de vue, lui qui était davantage intéressé par le destin des artistes que par leur art. Ce qui était grand pour lui c'était leur vie, leur parcours, leur chemin. Ce qui l'intéressait avant tout c'était de savoir, de comprendre comment ils avaient réussi, quelles routes ils avaient empruntées.

Vincent et Benjamin n'étaient pas d'accord, n'étaient presque jamais d'accord. Ni sur l'art ni sur la politique et encore moins sur le sport. Ils n'avaient pas le même point de vue sur le monde. Vincent aimait Ayrton Senna, Benjamin Alain Prost. Vincent aimait l'OM, Benjamin c'était le PSG. L'un votait à droite, l'autre à gauche. Ils étaient en désaccord permanent. Et de ces désaccords surgissaient de longues discussions, de franches engueulades, de grands éclats de rire.

Vincent et Benjamin étaient amis. De véritables amis que rien ou presque ne semblait pouvoir séparer.

Peu de temps avant de mourir Vincent avait dit à Benjamin : « Il ne faut pas essayer de changer le monde tu sais, ça ne sert à rien, il faut essayer de se changer soi-même, c'est ça le plus important, c'est ça le plus dur », et cette phrase, depuis, ne cessait de résonner en lui.

Tout au long de sa vie il s'était cogné la tête sur le même mur avec la plus grande application. Il aurait voulu changer les codes, les règles, les gens, la société, sans jamais imaginer qu'il était le problème et le principal ennemi de sa réussite. C'est contre soi-même qu'il faut lutter parfois. Déconstruire pour reconstruire, tout brûler pour repartir, tout remettre en question, tout et même les certitudes, surtout les certitudes.

« Il faut que tu réalises tes rêves mon pote ! avait insisté Vincent. Qu'est-ce que tu attends ? Si tu ne le fais pas maintenant tu ne le feras jamais. Lance-toi ! Je serai là pour t'applaudir. Je te le promets ! On sera tous là pour t'applaudir ! »

*

Ce jeudi soir-là était un jeudi soir de première. Et il y avait peu de monde dans la salle pour une première.

Benjamin avait réservé un petit théâtre de deux cent quinze places rue des Abbesses.

Le lieu, qui sentait la peinture fraîche et le vieux bois, était tenu par un couple d'acteurs frustrés qui avaient mis un pansement sur leur frustration en achetant ce théâtre : il leur donnait l'illusion d'avoir du pouvoir sur d'autres acteurs frustrés en quête d'un endroit où jouer. La salle était au sous-sol et il y avait rarement plus d'une centaine de spectateurs à l'intérieur.

Le rideau était fermé et sur la scène, à l'abri des regards, Benjamin retenait sa respiration. Il tremblait, il avait peur, il avait envie. Il avait le trac.

Dans ce théâtre on ne frappait pas les trois coups mais il savait que dans quelques secondes il devrait sauter dans le vide. Et il adorait ce vertige.

Au milieu de cette foule éparse il y avait Marc. Il y avait Marc bien sûr, qui ne vivait que pour ses amis ou presque. Il était venu pour applaudir Benjamin, pour le soutenir, en espérant ne pas avoir à lui mentir.

Le rideau s'est levé. Puis il est retombé. Et entre les deux une heure quarante-cinq de spectacle où chacun des acteurs présents sur scène donna le meilleur de lui-même avec l'ardeur et la fougue des débutants.

Quand le rideau est tombé à la fin du spectacle, Marc s'est rendu à l'évidence : il allait devoir mentir. Il n'avait pas aimé. Et les autres spectateurs présents semblaient partager son avis.

Dans les loges exiguës du théâtre les comédiens se félicitèrent rapidement parce qu'un autre spectacle se jouait quelques minutes plus tard. L'adrénaline n'était pas encore retombée quand Marc vint féliciter son ami. Pour ne pas lui faire de la peine, pour ne pas le blesser et doucher son enthousiasme il fit preuve d'inventivité, mentionnant la beauté du décor, qui n'était pourtant composé que d'une table et quatre chaises, insistant sur l'incroyable énergie des acteurs et leur incroyable capacité à avoir appris un si long texte.

Benjamin le remercia chaleureusement. Il était trop excité, trop heureux pour ouvrir les yeux, pour comprendre le sous-texte. Il n'avait pas envie de vérité. Pas ce soir. Pas en sortant de scène. La vérité c'est pour le réel, c'est pour les autres, lui avait simplement envie de prolonger son rêve.

Les comédiens avaient prévu de se réunir après le spectacle dans un restaurant tout près du théâtre. Ils avaient envie de parler de ce qu'ils venaient de vivre. Ils avaient besoin d'échanger, échanger pour comprendre, pour améliorer ce qui pouvait être amélioré, pour que la représentation du lendemain soit meilleure. Ils avaient envie de se retrouver ensemble pour savourer, pour profiter de ce moment, cet instant magique.

Mais Marc n'était pas d'accord. Marc était venu. Gentiment. Pour soutenir son ami. Il attendait maintenant de cet ami qu'il soit gentil à son tour. Marc était de ces hommes qui attendent en retour au moins autant que ce qu'ils donnent. Ce qu'il donne n'est jamais gratuit. Jamais.

Il insista comme il savait insister, il supplia Benjamin d'annuler ce dîner, ce dîner où lui n'aurait rien à faire qu'à les écouter parler, ce dîner où forcément il se sentirait étranger. Il sut se montrer convaincant et Benjamin, qui n'avait plus ni la force ni les arguments contraires, finit par accepter de passer le reste de la soirée avec lui. Avec lui seul. Lui qui était son meilleur ami et qui s'était déplacé dans l'unique but de faire plaisir.

*

– Tu crois qu'il est coupable ? Jeremy ? Tu crois qu'il est coupable ? demanda Marc à Benjamin dès qu'il fut attablé dans ce restaurant de Saint-Germain où ils avaient leurs habitudes.

– Je ne veux pas parler de ça. S'il te plaît. Pas ce soir.

– Tu crois qu'il aurait pu le tuer ?

– Marc s'il te plaît. Je ne veux pas parler de ça ce soir.

Ce soir Benjamin ne voulait parler que de théâtre, que d'Arthur Miller et de sa pièce qu'il rêvait de monter depuis qu'il était jeune. Ce soir, le temps d'une nuit, Benjamin voulait mettre de côté ce meurtre qui hantait ses jours et ses nuits. Pendant les presque deux heures du spectacle il avait été un autre et quand il avait été un autre il n'avait plus du tout pensé à ce meilleur ami qui était mort. Il n'avait plus du tout pensé à cet autre ami accusé du meurtre. Pendant une heure quarante-cinq sur la scène de ce théâtre parisien il s'était senti libre et léger, il avait été ailleurs, loin de Paris, loin de la France, il avait été Willy « Dick » Loman et c'était bien.

Benjamin et Marc allèrent ensuite boire un dernier verre dans un célèbre établissement au nom russe de la rue de Bassano dans le VIIIe arrondissement.

Marc disparut rapidement avec une femme qui lui coûterait quatre cents euros pour deux heures de plaisir professionnel. Benjamin, lui, s'éclipsa enfin. Seul. Heureux. Soulagé. Il ne ressentait ni le froid ni la fatigue alors il marcha jusque chez lui. Il traversa la place de l'Étoile, remonta l'avenue Victor-Hugo jusqu'à la place du même nom et là, sur le trottoir d'en face, il crut reconnaître une silhouette familière. Il s'arrêta une seconde. C'était Lisa. Lisa accompagnée d'un homme. Un homme aux joues rougies par le froid que certains appelaient le Russe.

– 18 –

NOVEMBRE 2021

– Mon père, pardonnez-moi parce que j'ai péché. J'ai trompé ma femme. Enfin… dans les faits je ne l'ai pas vraiment trompée… je n'ai pas été jusqu'au bout mais… je lui ai menti. À ma femme. À Lisa, je lui ai menti et ça c'est déjà de la tromperie. On s'était toujours dit qu'on ne se mentirait jamais, qu'on se dirait tout. En ce moment… en ce moment ça ne va très bien… Entre nous, ça ne va pas très bien. On ne se parle plus. Ou alors on se parle mal.

» Jeudi dernier, jeudi soir, j'ai été boire un verre avec Marc et Benjamin. Pour me changer les idées, pour m'aérer un peu la tête. À la maison c'est vraiment… C'est vraiment pesant. Et même pour les enfants… je vois que ça les fait souffrir. Souffrir c'est peut-être un mot un peu fort mais…

» Je suis sorti et… il y avait cette fille… j'ai su à sa façon de me regarder, je l'ai su tout de suite… elle attendait que je vienne lui parler. Et je suis allé lui parler. Je savais ce qu'elle attendait et je lui ai donné ce qu'elle attendait. J'ai joué mon rôle. À la perfection. Je l'ai écoutée, je l'ai complimentée, je lui ai dit à quel point c'était rare de rencontrer une femme comme elle, aussi intelligente et sensible, je lui ai dit n'importe quoi, je lui ai dit ce qu'elle voulait entendre. J'ai joué mon rôle à la perfection. Je lui ai offert un verre, deux verres, elle m'a proposé de prendre le troisième verre chez elle et j'ai accepté. Marc m'a fait un clin d'œil en me voyant et j'ai eu honte de ce clin d'œil. J'ai détesté ce clin d'œil. Je n'arrêtais pas de penser à Lisa et à ce que j'étais en train de faire. Je n'avais même pas trop bu, je n'ai même pas l'excuse de l'ivresse, j'étais sobre et je ne me suis pas arrêté. Je l'ai suivie dehors, suivie dans le taxi, suivie dans les escaliers… Elle habitait un petit studio. C'était charmant, ça m'a rappelé mes vingt ans. J'adorais ces moments quand j'avais vingt ans. Regarder une femme monter les escaliers… Il y avait toujours une promesse. Pardon, je ne devrais pas vous parler de ça.

» Elle m'a servi un verre de… je ne sais plus, c'était une tequila ou quelque chose comme ça. Elle fumait à la fenêtre et l'odeur, je ne sais pas pourquoi, l'odeur me dérangeait beaucoup. Je me souviens de cette odeur de tabac. Il y avait aussi deux ou trois cigarettes écrasées dans le cendrier, elles étaient là depuis longtemps à mon avis. Ça sentait le tabac froid. C'est à ce moment-là que j'ai commencé à me dire que je devais partir. Et en même temps c'était déjà trop tard. Elle n'arrêtait pas de toucher ses cheveux. Elle me regardait et dans ce regard c'est comme si elle me disait merci. "Merci de m'écouter, merci de me dire que je suis belle." C'est vrai, je lui ai dit qu'elle était belle. Alors que je ne le pensais pas. Lisa est belle. Elle non. Elle, elle était bonne. Pardon de vous dire ça mon père, c'est un peu déplacé peut-être mais c'est pour que vous compreniez. À vingt ans c'est le genre de femme qui vous fait tourner la tête mais à mon âge ça ne devrait plus arriver, à mon âge je devrais me foutre des fesses d'une femme qui n'est pas la mienne. Elle se penchait vers moi… Elle me répétait que je sentais bon. Que mon odeur la rendait folle. Elle me répétait que ma femme avait de la chance. Je me souviens qu'elle tirait volontairement sur le décolleté de son pull pour que je voie ses épaules dénudées. C'était comme une provocation. J'avais l'impression qu'elle me disait : "Tu vas le faire ou pas ?" C'était comme un défi qu'elle me lançait. Elle avait déjà fini son troisième verre alors que je n'avais pas encore terminé le premier.

» Et puis je lui ai dit que j'allais rentrer, qu'il fallait que je rentre, qu'il était déjà tard, déjà trop tard et là.... Elle m'a... elle m'a demandé si ma femme me trompait. Je ne sais pas pourquoi elle m'a demandé ça à ce moment-là, et je ne sais pas pourquoi ça a eu cet effet-là sur moi. J'ai imaginé Lisa dans la même situation, dans un petit studio avec un homme en train de boire un verre, en train de lui dire qu'il était beau alors qu'il serait en train de fumer à la fenêtre. Cette image... Cette image... C'était terrible. J'aime Lisa, je l'aime de tout mon cœur. C'est une femme incroyable et parce que c'est une femme incroyable je sais qu'elle se fait draguer, c'est sûr. Et pourtant elle ne m'en parle jamais. Elle ne me le dit pas. Alors que ça arrive, j'en suis certain. Peut-être qu'elle a déjà désiré un autre homme, comme moi j'ai désiré cette femme cette nuit-là. Mais moi je suis parti, je suis parti sans rien faire, sans même l'embrasser. Ou alors juste un baiser sur la joue. C'est tout. Mais elle, dans cette situation, est-ce qu'elle serait partie sans rien faire ? En rentrant j'ai eu envie de la réveiller pour lui dire : “Ma chérie, mon amour tu te rends compte ce que j'ai fait ce soir ? J'étais chez une femme, chez une femme qui avait envie de moi et je n'ai rien fait. Rien du tout ! Pas même un baiser ! Tu te rends compte ?” Je ne lui ai rien dit de tout ça bien sûr, je ne l'ai pas réveillée, je me suis couché près d'elle après avoir pris une douche et je me suis endormi. Et le lendemain on s'est engueulé. Encore. Dès le matin. On s'est disputé à propos de shabbat. Je lui ai demandé de cuisiner un plat pour le soir, je lui ai proposé qu'on invite un cousin à moi mais elle ne comprenait pas, elle ne comprenait pas pourquoi je voulais encore célébrer shabbat alors que j'allais à l'église. D'ailleurs je ne sais pas comment elle a su que je venais vous voir mais… J'ai essayé de lui expliquer que ça n'avait rien à voir, que j'étais juif, que j'étais toujours juif et que ça ne changerait jamais. Je lui ai dit que j'aimais cette religion qui était la religion de mes parents et que ce que je trouvais dans les églises, ce que j'aimais c'était autre chose. J'ai essayé de lui expliquer mais elle s'est énervée. J'ai l'impression que shabbat c'était un prétexte, une façon de me parler de la veille sans m'en parler. Peut-être qu'elle se doutait de quelque chose. Je ne sais pas. Et en même temps je n'ai rien fait. Rien. À part un baiser sur la joue. Ce n'est rien un baiser sur la joue.

– Mon fils… Pourquoi voulez-vous que je vous pardonne si pour vous ce n'est pas un péché ?

– Vous avez raison mon père, c'est un péché. J'ai eu envie de cette femme, c'est un péché. Et… Comment vous demander ça ? Vous pensez que… Selon vous c'est un péché de venir me confesser ?

– Vous culpabilisez ?

– Un peu. Oui. Je culpabilise un peu. Parfois je me dis même que je ne devrais plus venir mais j'en ai besoin. J'aime vous parler, ça me fait du bien. J'aime me retrouver dans cette église, ça m'apaise. C'est peut-être le seul endroit dans le monde où je me sens tout à fait moi-même. C'est assez étrange mais partout ailleurs je suis le fils, le mari, le père, le patron ou l'ami… Ici je suis juste moi. Juste Vincent. Juste un prénom, sans nom, sans religion, sans métier, sans statut social. Ici je n'ai aucune appartenance particulière, je vous raconte ce que j'ai sur le cœur sans peur du jugement, sans crainte d'être condamné par qui que ce soit. C'est fatigant parfois d'être à la hauteur. J'ai une place au sein de ma famille, au sein de la société, au sein de mon groupe d'amis et je dois m'y tenir. Tout le temps. Quel que soit le moment, quelle que soit mon humeur je dois être ce que les autres attendent de moi. Et les autres attendent de moi que je tienne les rênes. Parfois j'aimerais bien suivre le mouvement, juste faire ce qu'on me dit de faire, mais c'est impossible, ça n'arrive jamais. On attend de moi que je sois un leader alors je suis un leader. Je fais de mon mieux sans jamais montrer quand je suis faible. À part avec vous mon père et ça me fait du bien. Vous savez… oui je pense que vous le savez mais… j'ai l'impression que l'amour de Dieu dans l'Ancien

Testament… enfin j'ai l'impression qu'il y a dans l'Ancien Testament certaines conditions pour gagner l'amour de Dieu. Je me trompe peut-être mais j'ai la sensation qu'il y a une notion… je ne sais pas comment expliquer ça… J'ai l'impression que si je ne fais pas ci ou ça, alors c'est un péché et je serai puni. Ça me dérange. J'ai toujours été habitué à ça mais au fond ça me dérange. Je ne sais même plus pourquoi je mange encore casher mais je crois que… je crois que c'est plus par crainte que par envie. Je n'ai pas envie d'être puni parce que j'ai fait un péché même si je ne sais absolument pas pourquoi ne pas boire de lait après avoir mangé du poulet c'est important. Je sais bien que la foudre ne va pas me tomber dessus si je le fais et pourtant j'ai peur qu'il m'arrive quelque chose ou qu'il arrive quelque chose à ma famille. Vous croyez que c'est de la superstition ? Non je ne pense pas. Je ne peux pas réduire mon rapport au judaïsme à de la superstition. C'est bien plus fort que ça. Il me semble que dans le Nouveau Testament c'est différent. Ce qu'apporte Jésus c'est l'amour inconditionnel. “Quand on te lance une pierre, relance du pain.” Je dois dire que j'aime bien cette notion. Je ne suis pas en train de comparer les deux religions, pas du tout, je ne serai jamais catholique et… ce n'est pas le sujet… mais j'aime bien cette notion, ça me plaît.

» Bon eh bien je vais vous laisser mon père, je crois que je vous ai dit tout ce que j'avais à vous dire. Merci de m'avoir écouté.

– Que Dieu notre Père vous montre Sa miséricorde ; par la mort et la résurrection de Son Fils, Il a réconcilié le monde avec Lui et Il a envoyé l'Esprit saint pour la rémission des péchés ; par le ministère de l'Église, qu'Il vous donne le pardon et la paix. Et moi, au nom du Père et du Fils et du Saint-Esprit, je vous pardonne vos péchés.

– Mon Dieu, j'ai un très grand regret de Vous avoir offensé, car Vous êtes infiniment bon, infiniment aimable et que… Ah oui non j'aimerais vous parler d'une dernière petite chose.

– Mon fils…

– Une dernière petite chose et après je vous laisse. J'ai un problème, j'ai un vrai problème avec un de mes amis.

– Mon fils…Votre acte de contrition à présent.

– D'accord. Pardonnez-moi j'ai été un peu long mais… je reviendrai pour vous parler de mon problème.

– Voilà.

– Mon Dieu, j'ai un très grand regret de Vous avoir offensé, car Vous êtes infiniment bon, infiniment aimable et que le péché Vous déplaît.

Je prends la ferme résolution, avec le secours de Votre Sainte Grâce, de ne plus Vous offenser et de faire pénitence.

– Au revoir mon fils.

– Au revoir mon père.

– 19 –

UNE SI LONGUE JOURNÉE – PARTIE I

5 heures du matin.

Ils s'étaient quittés tard dans la nuit. Et bien sûr, en rentrant chez lui, le Russe n'avait pas réussi à trouver le sommeil.

Lisa lui avait parlé pendant des heures ; de son mari, de ses filles, de ses rêves d'hier, de ses peurs du lendemain. Elle était perdue, elle était triste et l'espace de quelques instants elle avait trouvé quelqu'un à qui se confier. Quelqu'un qu'elle ne connaissait pas, qu'elle ne reverrait peut-être plus.

Après le jardin du Luxembourg ils avaient marché dans le Quartier latin, puis sur les quais de Seine avant de s'arrêter dans un restaurant de la place Victor-Hugo. Et dans ce restaurant ils avaient repris le fil d'une discussion qui semblait ne pas avoir de fin.

Il l'écoutait. Il l'écoutait avec la plus grande attention sans jamais cesser de la regarder de peur qu'elle ne s'échappe.

*

Maintenant qu'il était dans son lit c'est à elle qu'il pensait, c'est son visage qu'il voyait en fermant les yeux.

Elle avait été comédienne autrefois et cela ne l'étonnait pas. Elle avait une beauté particulière. Diaphane, pure, hypnotique. Ella avait tout quitté, tout abandonné pour se consacrer à sa vie de famille et le Russe ne pouvait s'empêcher de penser qu'avec lui elle aurait pu réaliser ses rêves parce que lui l'aurait encouragée, lui l'aurait soutenue quels que soient ses choix, quelles que soient ses envies.

Dans son lit le Russe se refaisait le film de ce moment, ce très long moment passé avec elle.

Il avait pris un tartare de saumon parce que le tartare de saumon c'était sans risque, c'était classique et Lisa devait aimer ce qui était classique.

Il voulait lui plaire. Lui plaire même si tout était perdu, perdu d'avance. Cette histoire était faite pour ne jamais commencer et pourtant, tout au fond de lui il ne pouvait s'empêcher d'y croire.

Le jour du meurtre, Vincent était paraît-il très énervé, très en colère. Il avait quitté leur appartement en claquant la porte après une énième dispute. Avec lui il n'y aurait jamais eu la moindre dispute parce que lui était conciliant, lui était bienveillant et tout ce qu'il aurait voulu, tout ce qu'il voulait c'était son bonheur à elle. Son bonheur avant tout. Tout ce qu'il voulait c'était la séduire, la conquérir et l'enlever, l'emmener très loin de ce XVIe arrondissement trop bourgeois, très loin de cette capitale qui désormais serait pour elle la capitale de son désespoir. Paris serait pour elle et pour toujours la ville où son mari était mort, la ville d'un fantôme. Et les fantômes, c'est connu, deviennent vite trop encombrants pour ceux qui ont encore toute la vie devant eux.

Tout ce qu'il voulait c'était l'emmener loin, le plus près possible de lui.

Et pourtant… Et pourtant le Russe avait été éduqué d'une telle façon que jamais il n'aurait osé lui dire ce qu'il ressentait. Jamais. Il savait bien qu'il ne tenterait rien, qu'il ne ferait rien, parce que Lisa était veuve, parce que Lisa était triste et perdue et que jamais il ne profiterait de ça.

Alors il l'écoutait comme s'il la touchait.

Il n'avait que ça à offrir. Que ça à donner.

Bien souvent et quelles que soient les circonstances c'est ce que recherchent les gens : être écoutés. Être entendus.

Lisa, tout au long de leur relation, avait supplié Vincent de l'écouter. En vain. Il était dans son monde la plupart du temps. Il était occupé, préoccupé, et leur vie n'était qu'une partie de sa vie.

Il était quatre heures du matin et le Russe était toujours là, dans son lit, à se souvenir…

Tout au long du dîner le serveur qui s'occupait de leur table avait tendu l'oreille pour écouter ce qu'il y avait à écouter de leur conversation. À chaque fois qu'il venait prendre leur commande il restait une seconde de plus, une seconde de trop, et Lisa, qui avait fini par s'en rendre compte, avait petit à petit presque totalement arrêté de parler. Gênée sans doute que quelqu'un puisse penser qu'elle était en rendez-vous galant.

Ils avaient alors terminé le repas sans se dire grand-chose, mais ne pas se dire grand-chose c'était aussi ne pas se dire au revoir.

En sortant du restaurant ils avaient marché encore, marché jusque chez elle, et pour ne pas monter tout de suite, pour ne pas que leur soirée se termine elle s'était assise sur un banc, juste en bas de son immeuble. Elle voulait prolonger le moment.

Le Russe ne lui plaisait pas, pas spécialement, il n'avait pas à lui plaire, ce n'était pas la question, il n'y avait pas la moindre séduction entre eux, du moins le pensait-elle. Pour elle c'était un peu de chaleur au milieu d'une froide saison, c'était un moment à part. Elle pouvait parler sans peur d'être jugée, elle pouvait évoquer ses sentiments les plus profonds, les plus intimes parce que cet homme avait le regard doux et le geste délicat. Il était policier mais il y avait de la poésie en lui, une façon d'être au monde un peu différente.

Et soudain elle le trouva beau.

C'est en tout cas la sensation qu'eut le Russe en lui disant au revoir. Il crut déceler dans son œil quelque chose. Quelque chose d'impalpable.

Elle s'éloigna sans l'embrasser, sans lui faire la bise, sans même lui serrer la main. Elle s'éloigna presque gênée. C'était un signe. Elle n'était pas indifférente.

*

7 heures du matin.

Le Russe n'avait dormi que deux ou trois heures et il devait déjà se lever.

Il avait rendez-vous avec le prêtre qui, avant sa mort, avait écouté Vincent se confier à lui pendant des heures. C'était la seconde fois.

La première il n'avait pas voulu parler, il n'avait pas grand-chose à dire, pas grand-chose à raconter. Mais aujourd'hui le Russe allait creuser davantage, il avait envie d'en savoir plus, il avait envie de comprendre un peu mieux la personnalité de Vincent qui lui apparaissait comme un homme complexe et paradoxal.

Lorsqu'il avait interrogé Marc puis Benjamin, le portrait qu'ils avaient dessiné de leur ami était assez contrasté. Vincent était tout à la fois d'un grand égoïsme et d'une incroyable générosité. Solitaire et pourtant toujours entouré. Généreux mais faisant très attention à ce qu'il dépensait. Réfléchi, mesuré tout en étant capable de folie. Aimant la vitesse mais respectant le code de la route. Vincent était affable et chaleureux. Mais Vincent pouvait aussi être glacial et cassant. Inspirant la crainte et le respect, il était aimé ou détesté. Vincent tout au long de sa vie n'avait jamais laissé personne indifférent.

N'ayant aucun ennemi déclaré, n'ayant pas le moindre casier judiciaire ni la moindre plainte portée contre lui, il était un homme respectable et respecté dont le meurtre avait surpris et choqué tout le monde. Et surtout ses plus proches. Ses amis, sa famille, ses collègues, ses employés, ses voisins. Tous avaient été interrogés et tous avaient été lavés de tout soupçon. Tous étaient des innocents endeuillés.

Le Russe avait dans un premier temps suspecté Benjamin qui lui avait paru tendu lors de leur entretien. Il avait le regard fuyant, les mains moites et ne cessait de faire bouger son pied sous la table. Il transpirait. Des gouttes de sueur perlaient sur son front. Il avait peur. Mais Benjamin n'avait pas le moindre mobile. Il aimait Vincent. Depuis leur rencontre, il était fasciné par ce type qui réussissait tout ce qu'il entreprenait. Il admirait sa force, son charisme, son appétence pour la vie et sa capacité à se sortir de n'importe quelle situation. Benjamin était innocent.

Le Russe avait ensuite interrogé Marc qui était probablement l'ami le plus proche de la victime. Marc lui avait répondu qu'il était chez lui cet après-midi-là, avec Caroline sa compagne, qui pourrait confirmer cette déclaration. Et lui non plus n'avait a priori pas la moindre raison d'en vouloir à Vincent. Marc était innocent.

Le voisin de palier et sa femme avaient également parlé à la police et leur témoignage n'avait rien eu de particulièrement intéressant. Avaient-ils quelque chose à reprocher à Vincent ? Oui ! Il mettait la télévision parfois trop fort le soir ! Et il n'était pas toujours très chaleureux quand on le croisait dans l'ascenseur.

Vincent n'était pas un voisin de palier très sympathique. Était-ce une raison suffisante pour faire de ce couple des suspects potentiels ? Non, bien sûr que non. Ils étaient innocents.

Le monde entier était innocent.

Le seul véritable suspect c'était Jeremy. Encore et toujours Jeremy dont la culpabilité ne faisait plus guère de doute pour personne. À part pour Lisa.

Marc n'avait pas eu l'air particulièrement surpris par la mise en examen de Jeremy. Lui qui depuis des mois ne parlait plus à cet ami qui n'en était plus vraiment un. Il l'avait décrit comme instable, fragile, jaloux.

Marc avait parlé au Russe avec une grande précision. Il avait répondu le plus sincèrement possible aux questions. Pour lui Jeremy avait basculé depuis des mois. Il s'était replié, isolé. Sa douleur était aussi forte que sa colère. Il avait de la rancœur, beaucoup de rancœur, du ressentiment, de la tristesse aussi. Surtout. Beaucoup de tristesse.

Était-ce suffisant pour le transformer en tueur ? Marc n'en savait rien. Marc ne savait plus très bien qui était cet homme, cet homme si différent du jeune adolescent qu'il avait connu. Il ignorait désormais tout de lui. Il ignorait de quoi il était capable.

*

Le Russe avait maintenant besoin d'avoir l'avis du prêtre. Cet homme d'Église qui était devenu ces derniers temps l'homme dont Vincent était probablement le plus proche et celui à qui il se confiait le plus. Mais il y avait un problème, qu'on pouvait lire dans le droit canon (n° 983 § 1) : « Le secret sacramentel est inviolable, c'est pourquoi il est absolument interdit au confesseur de trahir en quoi que ce soit un pénitent, par des paroles ou d'une autre manière, et pour quelque cause que ce soit. » Le prêtre dénonciateur encourt la peine d'excommunication.

10 heures du matin.

Le Russe n'avait rien obtenu. Rien ou pas grand-chose. Quelques mots. Quelques phrases. « C'était un bon vivant. C'était un homme bien. Dites à ses parents qu'il était très spirituel. Dites-leur qu'il se posait beaucoup de questions sans forcément avoir besoin de réponses. Dites-leur qu'il était juif. Juif au plus profond de son identité. Dites à ses enfants qu'il avait une belle âme. Dites à sa femme qu'il était en paix. C'était un homme bien. C'était un homme heureux. »

À la question de savoir qui avait bien pu vouloir l'assassiner, le prêtre n'avait pas eu la moindre réponse. Il n'en savait rien.

Le sacristain avait découvert le corps. Lui n'avait rien vu. Rien entendu. Tout juste avait-il conclu cet interrogatoire en se souvenant que Vincent avait évoqué un problème, un jour, avec l'un de ses amis. Quel ami ? Quel problème ? Là encore le prêtre n'en savait rien.

*

– Allô ? Je ne vous dérange pas ? Ah... Euh... Oui... Pardon. Oui... Alors je vous rappellerai plus tard. Oui non, ça n'a rien donné. Je... Je vais... Je vous ai téléphoné parce que je suis en route vers... Je vais rencontrer monsieur Rosenberg. Oui, Yvan. Oui, je vous appelle après. Bien sûr. Lisa... Je... Je voulais vous dire que... Non rien.... Je vous appelle après.

Le cabinet de Vincent était situé dans un très bel immeuble de la rue de la Boétie. Il y avait plusieurs pièces occupées par plusieurs avocats qui tous travaillaient pour Vincent avant son décès. Il y avait dans l'entrée une secrétaire d'un certain âge qui affichait un large sourire et des yeux rieurs derrière ses lunettes fumées. C'est elle qui dirigea le Russe vers le bureau d'Yvan Rosenberg.

11 h 15.

Si l'on reconnaît un homme méchant à sa réaction quand on lui dit non, alors assurément Yvan Rosenberg était un homme méchant.

Quand il avait pour la troisième fois demandé une augmentation à son patron et quand pour la troisième fois ce dernier avait refusé, Yvan avait cogné avec la plus grande violence possible contre la porte. Il s'était fracturé deux doigts mais la porte, elle, était restée intacte.

Par la suite il n'avait plus adressé la parole à personne. Il faisait ce qu'il avait à faire, il faisait le strict minimum en montrant bien qu'il ne faisait que le strict minimum.

Il était en colère.

Il était victime d'une injustice. C'est ce qu'il dit au Russe ce matin-là. C'était une profonde injustice. Il était le meilleur avocat dans ce cabinet. Le plus diplômé. Le plus talentueux. Celui qui avait les meilleurs résultats. Vincent, son patron, était jaloux de ses capacités supérieures et son refus de lui accorder le statut de collaborateur était une preuve de sa méfiance, de sa crainte. Vincent avait peur de lui, peur d'être dépassé sur son propre terrain, dans son propre cabinet.

Yvan Rosenberg avait les dents longues et le regard vif. Il était agressif, hargneux. Il avait des choses à prouver, à se prouver. Il semblait en vouloir à la terre entière.

Il y a quelques années, alors qu'il venait tout juste d'être engagé, il avait acheté un costume hors de prix d'une grande marque italienne.

Il était comme certaines femmes dans les salons de coiffure. Ces femmes qui espèrent que le coiffeur leur ôtera leurs complexes en même temps qu'il coupera leurs cheveux. Elles voudraient qu'il les rende plus jolies, plus élégantes, plus belles. Elles voudraient ressembler aux stars en couverture des magazines mais après la prestation du coiffeur, elles ne seront encore et toujours qu'elles-mêmes. Désespérément elles-mêmes.

Ce costume qu'il portait le premier jour et qu'il portait encore ce matin-là devant le Russe lui donnait l'espoir d'être un autre tout en le ramenant sans cesse à sa condition. Il avait acheté ce costume trop cher et n'avait donc plus eu les moyens d'en acheter d'autres. Si bien qu'il venait chaque jour, cinq jours sur sept, avec ce costume gris anthracite qui commença très vite à s'user, à se déchirer par endroits. Ce costume hors de prix n'avait aujourd'hui plus la moindre valeur, il nc pouvait que refléter l'échec de celui qui le portait. Yvan Rosenberg avait raté son entrée dans le grand monde. Il n'avait pas trente ans mais il avait déjà beaucoup appris. Et en premier lieu la patience. Il faut attendre avant d'obtenir. Attendre pour mieux savourer.

Yvan n'avait certes jamais aimé son patron mais il fut dévasté par son décès.

Jamais il ne pourrait lui prouver qu'il avait eu tort. Jamais il ne pourrait prendre sa revanche. Prendre sa revanche… C'est à cela qu'il pensait jour et nuit. Il rêvait de partir en claquant la porte. Partir sans dire adieu et monter son propre cabinet. Un cabinet qui viendrait très vite concurrencer celui de son précédent employeur. Combien de fois avait-il imaginé ce jour où il terrasserait ce patron qui ne cessait de l'humilier en lui refusant ce qu'il était certain de mériter ?

La mort de Vincent l'avait condamné. Yvan Rosenberg avait perdu. Perdu pour toujours. Et qu'importe la suite, qu'importent ses succès à venir, rien ne pourrait jamais effacer cet échec. Parce que le seul capable de changer ça, d'effacer ça, était mort. Mort assassiné.

Que faisait-il le jour du meurtre ?

Il était dans son bureau.

Non. Faux. La secrétaire, qui avait pour habitude de noter chaque entrée, chaque sortie, chaque coup de téléphone, avait noté dans son carnet qu'Yvan était sorti peu de temps avant l'heure du décès. Où était donc sorti Yvan ? Et qu'avait-il fait ?

Yvan ne semblait plus se souvenir. Et soudain son assurance se fissura. Et soudain sa colère se transforma en peur. « Veuillez ne pas quitter le territoire pendant quelque temps monsieur Rosenberg. On vous rappellera. »

Le Russe avait maintenant une autre piste. Une piste sérieuse. Et tandis que le policier quittait la pièce Yvan, lui, se servit un verre de whisky. Il n'était pas midi.

Avant de quitter le cabinet le Russe entra dans l'ancien bureau de Vincent où plus personne n'était entré depuis longtemps. Il était condamné le temps de l'enquête. Les services de police avaient relevé des empreintes, mis des documents sous scellés, inspecté les coins et les recoins de cette pièce qui était toujours, malgré les lumières éteintes et la poussière qui s'accumulait, d'une grande beauté. Tout y était décoré avec goût, avec raffinement. Le bureau était en bois noble. La bibliothèque également. Le tapis était sublime. Il y avait des tableaux aux murs, une sculpture en bronze tout près de la fenêtre et des photos en noir et blanc un peu partout. Comme chez lui. Des photos de ses parents, de sa femme, de ses amis. Il y avait un cadre aussi, posé sur un petit meuble. Une photo de Jeremy et lui. Une photo tous les deux, les yeux plissés, grimaçant, imitant un acteur, parodiant le De Niro de *Taxi Driver*.

Le Russe prit cette photo entre ses mains. Quelques secondes. Elle était belle cette photo. C'était la photo de deux amis. Et pour une raison qu'il ignorait il était touché, profondément touché par ce cliché. Peut-être parce que lui n'avait jamais eu d'amis comme ça, d'amis avec qui il aurait pu imiter le De Niro de *Taxi Driver*.

Alors il imita De Niro lui aussi, seul devant la glace. Il le faisait bien. Il lui ressemblait presque.

Quand il reposa le cadre sur le meuble il crut voir un petit tiroir situé à l'arrière de ce meuble. Un tiroir avec une serrure.

C'est assez inhabituel les tiroirs à l'arrière des meubles, alors il sortit et demanda à la secrétaire si elle avait connaissance de ce tiroir et si elle savait quelle clef correspondait à cette serrure.

Elle ne savait pas. Elle ne savait pas qu'il y avait un tiroir fermé dans ce meuble, pas plus qu'elle ne savait quelle clef pouvait bien l'ouvrir. À vrai dire elle avait même oublié l'existence de ce meuble.

Ils décidèrent alors d'essayer chaque clef de chaque trousseau, mais après de nombreux essais, après de longues minutes infructueuses ils durent se rendre à l'évidence : aucune clef dans ce cabinet n'ouvrait ce tiroir.

Le Russe prit alors une initiative, lui qui n'en prenait jamais. Il décida d'ouvrir le tiroir.

Il décida de l'ouvrir sans attendre, sans avoir l'autorisation de ses supérieurs hiérarchiques. Il décida de faire ce qu'il avait envie de faire. Pour une fois. Pour la première fois peut-être. Faisant fi du protocole, le Russe tira donc le tiroir de toutes ses forces pour qu'il s'ouvre. Il s'y reprit à trois ou quatre fois avant que le tiroir cède.

Un trousseau de clefs tomba à terre.

Sur ce trousseau il y avait un badge d'immeuble et deux clefs. Et un prénom aussi. Un prénom écrit sur une petite étiquette : VALENTIN.

– 20 –

UNE SI LONGUE JOURNÉE – PARTIE II

Qui pouvait bien être ce Valentin ?

Quand le Russe lui avait téléphoné en sortant du bureau de Vincent elle avait laissé un temps, quelques secondes, mais à bien y réfléchir Lisa n'avait jamais entendu parler de ce Valentin. Ni d'aucun autre Valentin. Elle n'avait même jamais rencontré quiconque portant ce prénom. Personne au cabinet ne s'appelait comme ça. Personne non plus dans son entourage proche et moins proche.

Elle se rendait au théâtre ce soir-là pour voir Benjamin dans la pièce d'Arthur Miller, elle qui avait jadis rêvé d'être actrice. Alors elle essaierait de savoir si lui avait déjà entendu ce prénom. Elle lui poserait la question.

Elle avait prévu d'y aller seule. Seule. C'était une femme seule à présent. Sa mère garderait les enfants. Pour le deuxième soir consécutif. Et Lisa se sentait coupable. Encore. Elle culpabilisait pour ça et pour tant d'autres choses mais elle ne pouvait rester chez elle le soir quand les lumières de la chambre des enfants s'éteignaient. Elle n'y arrivait pas. Elle n'y arrivait plus. Quand elle couchait Lili et Mia, le vide et le silence qu'avait laissés Vincent devenaient insurmontables. Elle ne pouvait plus respirer. C'était impossible. Au-delà de ses forces. Alors elle cherchait une excuse, une raison de s'échapper, et elle sortait pour s'en sortir. Elle prenait la fuite pour ne pas sombrer, pour ne plus étouffer. C'est peut-être ça être en deuil : ne plus savoir où aller mais y aller quand même pour ne pas mourir à son tour.

Quand elle avait téléphoné à Benjamin pour le prévenir qu'elle serait là ce soir pour l'applaudir sur scène il lui avait répondu froidement : « Qu'est-ce que tu faisais hier soir, tard dans la rue ? Je t'ai vue. Je t'ai vue avec un homme. Qui c'est ? »

Benjamin veillait sur Lisa comme on surveille une sœur. Il avait peur. Peur pour elle. Peur qu'elle s'égare, qu'elle se perde. Peur qu'elle salisse la mémoire de Vincent en couchant avec le premier venu. Il y avait dans ses questions comme une façon de lui faire la morale, comme une manière de la mettre en garde. « Ne fais pas n'importe quoi ! Tu ne peux pas faire n'importe quoi ! Tu n'as pas le droit ! »

Lisa lui avait répondu la vérité : « C'est un flic. Juste un flic. Il enquête sur le meurtre. Il m'aide beaucoup. C'est un flic Benjamin. Juste un flic. » Elle avait employé le mot « flic » plusieurs fois pour ramener le Russe à sa condition. Pour le rabaisser un peu. Elle aurait pu dire : « Il est gentil. Je l'aime bien. C'est un bon policier, je crois. » Elle n'avait pas osé. Pour ne pas contrarier son ami. Pour ne pas le heurter. Chacun vivait avec sa peine, chacun faisait de son mieux. Benjamin était en colère. Il avait mal. Benjamin, lui aussi, était en deuil.

14 heures.

Le Russe était à son bureau, les yeux mi-clos. Cherchant une façon de tromper le sommeil, il regardait les photos que Lisa lui avait transmises. Qui pouvait bien être ce Valentin dont le prénom était accroché au trousseau de clefs ? Était-il présent sur les photos ? Et si oui à quoi ressemblait-il ? Valentin était-il un ami de Vincent, un copain, un pote dont il avait honte ? Était-il une simple connaissance ?

Un membre de sa famille, un cousin, un demi-frère, un petit ami ? Et si c'était cela ? Et si Vincent avait un petit ami qu'il cachait ? Vincent avait-il une aventure extraconjugale avec un homme ? Aucune piste, à ce stade, ne pouvait être exclue. C'était une possibilité. Une hypothèse comme une autre. Et le Russe tout au fond de lui avait envie de croire que cette idée était plausible. Si Vincent avait un amant et que cet amant l'avait assassiné, cela clôturerait l'affaire tout en lui laissant le champ libre avec Lisa.

Pour l'instant Vincent était mort et parce qu'il était mort il était un héros aux yeux de tous, aux yeux de sa femme, aussi. Les morts sont toujours plus vivants que les vivants. Ils vous obsèdent, vous hantent. On les idolâtre, on les fantasme, on oublie au fil du temps leurs défauts pour ne retenir que leur beauté, que leur grandeur. Ils ne sont plus là et parce qu'ils ne sont plus là ils sont plus présents que jamais. Et leur absence prend toute la place. Surtout quand cette absence n'était pas programmée. On se fait à l'idée de perdre un être cher quand il est malade. On se prépare à la mort des personnes âgées. Mais les meurtres et les accidents sont trop violents, trop soudains, et la douleur est insoutenable, presque impossible à apaiser.

Lisa pourrait-elle pardonner cette aventure à Vincent si aventure il y avait eu ? Pourrait-elle comprendre cette double vie qu'il lui avait cachée ? Peut-être que oui, peut-être qu'elle le pourrait parce qu'elle était intelligente et que les femmes intelligentes peuvent comprendre, peuvent pardonner ce genre de chose. Mais en ayant connaissance de cette infidélité elle regarderait sans doute davantage celui qui avait frôlé sa main dans le parc du Luxembourg…

Le Russe était ailleurs, perdu dans ses pensées. Imaginant différents scénarios, différentes possibilités. Recherchant le coupable sur des clichés en couleurs, guettant le moindre indice ici ou là. Il se dégageait de toutes ces photos un portrait de famille assez complexe. Il y avait les parents, les enfants, les oncles et les tantes. Il y avait Benjamin qui ne souriait jamais vraiment. Il y avait Marc qui, lui, posait toujours fièrement. Il posait fièrement devant ses voitures de luxe. Fièrement en vacances. Et plus fièrement encore devant de luxueuses maisons ou sur de luxueux bateaux. Il y avait Jeremy aussi, bien sûr, et son air un peu absent. Comme une façon d'être au monde sans être totalement là. Il y avait Caroline, la compagne de Marc qui avait l'air triste et blasée, il y avait Aude qui semblait amoureuse. Amoureuse folle d'un homme qui bientôt l'abandonnerait. Il y avait Lisa, enfin, Lisa surtout. Lisa qui était belle, belle en toute circonstance. À la mer, à la montagne ou en ville.

17 heures.

Le Russe, qui était toujours à son bureau, reçut un coup de téléphone : Yvan Rosenberg venait d'avoir un accident de voiture.

Après le départ du policier il avait continué à boire, encore et encore, un whisky après l'autre. Il était resté là, affalé, à se morfondre, à s'apitoyer sur son sort, son pauvre sort de victime, injuriant le destin, criant à l'injustice si bas que personne ne pouvait l'entendre. Il était en colère et il buvait. Et plus il buvait plus il était en colère. Et plus il était en colère plus il avait besoin de boire.

Il était sorti plus tôt, beaucoup plus tôt que d'habitude, il avait marché en titubant jusqu'à sa voiture et avant même le premier feu rouge il avait percuté un autre véhicule.

Il était inconscient quand les pompiers vinrent le récupérer. Du sang coulait de son front jusque sur le volant. Le choc avait été brutal. Il avait trop bu, bien trop bu pour pouvoir anticiper, pour pouvoir ralentir avant l'impact.

Il était maintenant à l'hôpital, allongé sur un lit, les yeux fermés, et tout autour de lui des médecins et des infirmières s'agitaient pour le ramener à la vie.

En apprenant la nouvelle le Russe ne put s'empêcher de penser qu'il était un peu responsable, indirectement responsable de ce triste accident. Il avait soupçonné un homme sans preuves apparentes et cet homme avait craqué. Son armure s'était fissurée en quelques secondes seulement.

« Je suis donc capable de ça ! avait-il pensé en s'asseyant dans le métro. Je suis capable de mettre la pression sur un avocat sûr de lui et prétentieux. Je suis capable de ça. » Et d'une certaine façon cela le rendait fier. Étonnamment fier. Il n'avait fait que son métier après tout. Il avait creusé une piste qui s'était avérée concluante. Yvan Rosenberg avait peut-être recherché l'ivresse pour oublier sa culpabilité. Pour fuir la réalité. Ou alors peut-être avait-il seulement eu peur. Même les innocents ont peur parfois.

Le métro était bondé ce jour-là, comme tous les jours de la semaine. Il y avait tout autour de lui des dizaines de travailleurs qui tous attendaient de rentrer chez eux après une longue journée.

Le Russe était fatigué, épuisé, il luttait pour ne pas s'assoupir, pour ne pas s'endormir… Et puis Denfert-Rochereau. Enfin.

En marchant dans les couloirs il ralentit encore devant le même graffiti. Toujours le même graffiti. *« Si tu veux rendre service à quelqu'un il ne faut pas lui acheter du poisson, il faut lui apprendre à pêcher. »*

Aujourd'hui le Russe se sentait différent, et parce qu'il se sentait différent il comprenait différemment cette phrase.

Il n'avait pas trente ans et personne, tout au long de ces presque trente années, ne l'avait aidé. Ses parents étaient partis très tôt, trop tôt, beaucoup trop tôt. Il avait dû apprendre seul, se débrouiller, se cultiver, il avait dû apprendre à aimer certains livres, certains films sans les conseils d'un père, sans les mises en garde d'une mère, sans quiconque pour le soutenir ou le guider. Il avait dû apprendre à ne pas tomber ou alors à tomber sans se faire trop mal. Personne ne lui avait jamais rien offert, rien n'avait été facile pour lui mais quelque chose avait changé. Aujourd'hui était un jour différent… Comme s'il avait appris à pêcher.

Était-ce le regard que Lisa avait posé sur lui ? Était-ce le regard qu'Yvan avait posé sur lui ? Il ne le savait pas, pas encore, et cela n'avait pas d'importance. L'important c'est qu'aujourd'hui il se sentait plus fort, juste un peu plus fort, aujourd'hui il n'avait plus envie de baisser les yeux. Aujourd'hui était un jour différent, un jour nouveau.

En arrivant rue Daguerre il hésita quelques secondes devant le rayon du primeur. Et s'il achetait quelques légumes… Des carottes, des haricots verts, des tomates… Il pourrait cuisiner une salade ou même un plat, un vrai plat dont il regarderait la recette sur Internet. Il y avait plein de recettes sur Internet, sur YouTube ou Instagram. Se cuisiner un bon repas, un vrai repas c'était à la portée de n'importe qui… Oh et puis non ! Il lui restait encore quelques cacahouètes à la maison. Et des amandes. Et des chips.

Il était pressé ce jour-là, pressé d'aller se coucher, pressé d'en finir avec cette journée qui n'en finissait pas. Cette affaire, la première des affaires qu'il suivait de près, était devenue son affaire. Presque une obsession.

Il monta chez lui et sans prendre le temps d'enlever son manteau il s'allongea sur le canapé. Avant d'allumer la télévision. Toujours la même chaîne. Toujours la même émission. Des journalistes qui crient. Des chroniqueurs qui hurlent. Il faut parfois du temps avant de changer les choses. Avant de changer véritablement. Il aimait cette émission. Ou alors il s'était habitué.

23 h 55.

Alors que le Russe somnolait, allongé sur son canapé, le téléphone sonna. Une fois. Puis deux. Puis trois. Il décrocha.

– Allô ?

C'était Lisa.

Elle était avec Benjamin. Ils étaient dans un petit restaurant près du théâtre.

– Est-ce que vous pouvez venir ?

– Maintenant ?

– Si vous ne pouvez pas ce n'est pas grave.

– Non non j'arrive.

– Je ne vous réveille pas ?

– Non non pas du tout. J'arrive.

Le Russe ne pouvait rien lui refuser. Il aurait dit non à tout le monde. À tout le monde sauf à elle. Il passa de l'eau sur son visage, enfila une paire de baskets, qu'il retira presque instantanément pour enfiler des chaussures en daim marron parce que les chaussures en daim marron le rendraient plus élégant, puis il se rendit en trottinette jusqu'à Montmartre. Jusqu'à elle.

Elle était visiblement excitée. Ou alors elle avait trop bu. Ou alors elle était heureuse de le voir. Elle l'embrassa sur la joue, commanda une bière blonde pour lui et demanda à Benjamin de se rapprocher.

– Il sait qui est Valentin !

Benjamin ne serra pas la main du Russe. C'est à peine s'il le salua en arrivant près de lui.

Il lui dirait tout ce qu'il savait sur ce Valentin. Il lui dirait ce qu'il savait et rien d'autre. Pas de fausses politesses, pas de sourire. Rien. Ce type n'était qu'un flic. Un simple flic en qui il n'avait pas la moindre confiance. Les flics ça ne reste pas avec les veuves jusque tard dans la nuit. Ceux qui font ça le font parce qu'ils draguent, parce qu'ils séduisent, l'enquête n'est qu'un prétexte. Une façon de justifier l'injustifiable. Ce type aux joues rouges qui se tenait devant lui profitait du malheur de Lisa, il dansait sur les cendres de son meilleur ami tout juste disparu pour la mettre dans son lit. C'est comme ça que Benjamin voyait les choses.

– Je ne sais pas si je vais pouvoir vous aider.

– Dis-lui ! supplia Lisa en terminant son verre de vin rouge.

– Le seul Valentin que je connaisse c'est Jean-Christophe Valentin.

– Pardon ?

– Jean-Christophe Valentin, c'était notre professeur d'histoire-géo au lycée. Mais tout le monde l'appelait Valentin. Il était horrible ce prof.

– D'accord mais… Je ne comprends pas. Pourquoi est-ce que Vincent aurait eu les clefs de ce prof dans son tiroir ?

– À mon avis… Je n'en suis pas sûr mais… Je pense que ces clefs appartiennent à Marc.

– À Marc ?

– C'est une histoire qui remonte à… Ça remonte à très longtemps mais ce prof, Jean-Christophe Valentin, quand on était en terminale il avait dit à Marc qu'il finirait éboueur. Il croyait si peu en lui, si peu en ses capacités qu'il lui avait dit ça. Devant tout le monde. Devant toute la classe. Ça a été… Ça a été terrible pour Marc. Une vraie humiliation. Je crois qu'encore aujourd'hui Marc ne peut s'empêcher de repenser à cette phrase. Pas tout le temps mais… Ça l'a beaucoup marqué. Beaucoup. Et du coup dès qu'on veut l'énerver on lui reparle de Valentin. Et ça marche à chaque fois. Surtout Vincent. C'est lui qui… Enfin… Il aimait bien l'embêter avec ça. Je pense que Valentin c'était un code entre eux, c'était une façon de… Je ne sais pas à quoi servent ces clefs. Personne ne m'a jamais rien dit à propos de ces clefs… Je ne sais pas pourquoi elles étaient dans le tiroir de Vincent mais je pense qu'elles appartiennent à Marc. Voilà. Vous savez tout. Vous pouvez y aller maintenant.

1 h 25 du matin.

Le Russe était de retour chez lui. Dans son lit. Il allait pouvoir dormir. Dormir. Enfin.

2 h 50.

Le Russe ne dormait pas. Toujours pas. Il pensait, repensait à Lisa, à Vincent, à cette mort soudaine, à ce meurtre dans une église. Il y pensait, repensait, encore et encore. Il était en train de comprendre comme on comprend les choses parfois la nuit entre deux heures et trois heures du matin.

La fatigue, l'épuisement le rendaient plus lucide. Il était en train de prendre conscience. Enfin.

Jusqu'à présent et depuis le début de l'enquête il était convaincu qu'il s'intéressait tout particulièrement à cette histoire parce que c'était une histoire d'amitié, un chagrin d'amitié et que lui n'avait jamais vraiment eu d'amis, il n'avait pas eu cette chance. Lui était un garçon solitaire. Lui était seul. Seul à rêver d'une bande avec qui parler, avec qui sortir. Alors il s'était projeté. Il s'était imaginé avec eux. Il était le cinquième de la bande. Le petit dernier. Et puis il était tombé amoureux aussi, amoureux de cette femme, amoureux de Lisa, un amour qui bien sûr ne serait jamais réciproque, un amour impossible. Et puis et puis et puis… il y avait plein d'autres raisons…

Mais cette nuit-là il voyait les choses comme elles étaient. Comme elles étaient vraiment.

Cette histoire résonnait en lui.

Un juif était mort dans une église. Et cela, de la manière la plus brutale qui soit, questionnait son judaïsme à lui. Lui qui s'appelait Lévy. Lui qui était juif et qui avait enfoui cette judaïté tout au fond de lui. Lui dont le grand-père était mort à Auschwitz. Lui dont les parents avaient eu peur toute leur vie que les nazis reviennent. Lui qui, dans la cour de récréation déjà, alors qu'il n'avait pas six ans, avait entendu les insultes, les « sale juif », les « petit youpin ». Lui qui un jour en avait eu assez de tout ça, assez d'être juif.

Il avait treize ans.

C'était après sa bar-mitsva. Quelques jours après. Quelques jours seulement. Il venait de se faire casser le nez parce qu'il avait « un nez de juif » et une étoile de David autour du cou. Il décida que pour ne plus subir l'antisémitisme il devait arrêter d'être ce qu'il était. Il se laissa appeler « le Russe » parce qu'il avait les joues rouges et que ce surnom lui allait bien, il laissa faire et bientôt plus personne ou presque ne sut qu'il s'appelait Lévy.

Cette nuit-là, allongé dans son lit, cherchant désespérément un sommeil qui ne venait pas, David repensa à l'enfant qu'il était, à cette identité qu'il avait voulu détruire. David pensa à ses parents qui n'étaient plus là, à cette mère qui l'avait tant aimé, et David redevint Lévy l'espace d'un instant.

Il pleurait. Seul dans son lit. Il ne pouvait s'empêcher de pleurer.

C'était lui dans cette église. Assassiné. C'était lui. Il ressentait les coups de couteau qu'avait reçus Vincent. Il était à terre. Il était perdu. Il était en train de se retrouver.

Il est des choses qui jamais ne meurent, des feux qui jamais ne s'éteignent.

6 heures du matin.

Le jour se lève.

– 21 –

MADAME ET MONSIEUR VICTOR

C'était un vieux monsieur que tout le monde dans le quartier appelait monsieur Victor. Comme un signe de respect, une façon de lui signifier qu'il était quelqu'un.

Il avait de petites lunettes et le crâne presque totalement dégarni. Il était petit, moins d'un mètre soixante-dix, et pas un kilo de trop. Monsieur Victor faisait très attention à ce qu'il mangeait. Il faisait encore du sport, de la natation parfois, et de la course à pied tous les samedis.

Il avait ses habitudes dans le quartier, ses petites manies, il était une partie du paysage : folklorique et totalement à sa place. Il avait toujours habité là et c'est là qu'il mourrait. Place Sainte-Geneviève dans le Ve arrondissement de Paris.

Il habitait avec sa femme au rez-de-chaussée de l'immeuble du numéro 6 de la place du Panthéon. Là où vécurent le compositeur Maurice Duruflé et l'organiste Marie-Madeleine Duruflé de 1930 à 1999, comme l'indiquait une plaque commémorative sur le mur. Ils en étaient les gardiens. Et un peu plus que ça. Ils veillaient sur cet immeuble depuis des années. De très longues années. Ils connaissaient bien sûr les propriétaires et locataires qui chaque année leur offraient de généreuses étrennes. Ils connaissaient leurs vies, leurs secrets, ils savaient l'heure à laquelle ils arrivaient chez eux et l'heure à laquelle ils partaient. Ils avaient leurs chouchous, ceux qu'ils aimaient, ceux qu'ils aimaient bien, ceux qu'ils aimaient moins. Ils étaient autoritaires, parfois durs, parfois secs dans leur façon de parler mais personne ne se fâchait jamais avec madame et monsieur Victor parce qu'il fallait surtout ne jamais se fâcher avec eux. Il ne fallait ni les contrarier ni les vexer. Il fallait leur donner raison en toute circonstance, et tout le monde dans l'immeuble avait parfaitement conscience des règles à suivre. C'était comme ça et pas autrement.

Monsieur Victor et sa femme ne prenaient jamais de vacances. Ils étaient présents sept jours sur sept, vingt-quatre heures sur vingt-quatre depuis plus de trente ans. Ils aimaient cet immeuble comme ils aimaient leurs trois enfants. L'immeuble était un peu leur quatrième bébé, un enfant de plus qu'ils regardaient vieillir jour après jour.

Ce matin-là ils s'étaient levés comme tous les matins à huit heures. Huit heures précises. Madame Victor avait préparé son café en écoutant Europe 1, qu'elle appelait encore Europe numéro 1. Elle avait mis trois tranches de pain à griller tandis que son époux prenait sa douche. Puis ils avaient pris leur petit-déjeuner ensemble. Comme tous les matins. En écoutant sur Europe numéro 1 une émission qui décidément n'était pas aussi bonne que l'émission qu'ils écoutaient autrefois. Mais, dans la famille Victor, on ne change pas de radio, comme on ne change pas de mari ou de femme. Les Victor étaient des gens fidèles.

Monsieur Victor avait eu soixante-douze ans cette année mais ce matin-là, en mangeant ses petites madeleines industrielles, il en faisait dix de plus. Le dos voûté, les mains tremblantes, il paraissait fatigué.

Après avoir fait la vaisselle il s'assit quelques minutes dans leur petit salon qui paraissait plus petit qu'il ne l'était réellement, encombré par les centaines de livres qu'ils avaient accumulés au fil du temps. À chaque fois que quelqu'un dans l'immeuble déménageait il laissait aux Victor les livres dont il n'avait plus besoin ou qui prenaient trop de place. Il y avait de vieux livres, beaucoup de vieux livres aux pages jaunies, des ouvrages un peu moins anciens, des encyclopédies, des dictionnaires, des dizaines de dictionnaires et des atlas aussi. Des livres scolaires, des Bescherelle, des bandes dessinées… Les Victor aimaient les livres plus qu'ils aimaient lire.

On arrive avec un capital dans la vie et madame Victor était arrivée au monde avec peu, très peu de chose. Un capital proche du néant. Elle avait appris, elle avait aimé apprendre et cette accumulation de livres lui donnait l'impression d'avoir réussi quelque chose. Elle était fière de ce petit musée. Elle était fière d'elle. Fière de ce qu'ils avaient accompli. Ensemble. Son mari et elle. Ils étaient madame et monsieur Victor.

Avoir une bibliothèque c'est le début de la bourgeoisie, pensait-elle. Avoir tant de livres cela voulait dire qu'ils étaient restés quelque part suffisamment longtemps pour pouvoir accumuler tout ça. On ne peut pas voyager avec tous ces livres, c'est impossible. On ne peut ni prendre la fuite ni s'échapper. Il faut rester. Rester longtemps. C'est ce qu'ils avaient fait. Ils étaient restés. Ils étaient stables. Solides. Ils étaient à leur place, au rez-de-chaussée de cet immeuble du 6, place du Panthéon.

Madame et monsieur Victor s'aimaient. Comme on s'aime après quarante-cinq ans de mariage. Il y avait de l'affection, de la tendresse, de l'exaspération, de l'agacement, de la compréhension. Il y avait du désir aussi, parfois. Encore. Il y avait de l'admiration, du respect, de la lassitude, de l'impatience. Il y avait un passé commun, un futur à écrire. Ils avaient des projets communs. Encore. Encore, et toujours. L'un ne faisait jamais rien sans l'accord de l'autre. Ils étaient l'un avec l'autre. Toujours. En toute circonstance. Envers et contre tout. Ensemble et contre tous.

Ils se mêlaient de tout, s'occupaient de tout. Même de ce qui ne les regardait pas. Ils étaient moins riches que n'importe lequel des habitants de l'immeuble mais plus puissants. Beaucoup plus puissants. Tout-puissants.

*

Un jour, alors qu'il lavait le sol au deuxième étage, monsieur Victor entendit un bruit inhabituel venant du dehors. Comme si une voiture était entrée en collision avec une autre voiture. Alors il posa la serpillière et son seau, il descendit les escaliers aussi vite qu'il le pouvait et il sortit. Rien. Il n'y avait rien. Aucune trace d'un quelconque accident. Simplement le spectacle habituel de touristes et d'étudiants qui se croisaient sur la place du Panthéon. Tout juste aperçut-il au loin deux hommes se dirigeant vers l'église. L'un soutenait l'autre qui semblait se déplacer avec difficulté. De dos ils avaient l'air d'avoir trente ou quarante ans et mesuraient environ un mètre quatre-vingts. Ou un peu plus. Ou un peu moins. Ils étaient loin. Il voyait mal.

Et puis, en se retournant, monsieur Victor aperçut une voiture garée juste devant son immeuble. Là où il y avait toujours une dizaine de voitures garées en épi. C'était une Mercedes bleu marine. Neuve. Ou presque. Le pare-chocs arrière était en train de tomber à terre et l'un des feux de recul était cassé. Il y avait des débris au sol, juste en dessous de la partie arrière de la voiture. Monsieur Victor comprit immédiatement ce qu'il s'était passé. Le conducteur de la Mercedes, en se garant, avait percuté la partie avant gauche de la voiture juste à côté, une Clio rouge. Il avait probablement mal appréhendé les distances, ce qui dans ces voitures hors de prix est assez rare puisqu'elles sont équipées de détecteurs et de caméras qui facilitent grandement ce type de manœuvre.

Monsieur Victor attendit longtemps près de la Mercedes. De longues minutes. Il était hors de question pour lui de laisser repartir le chauffard sans qu'il s'explique et signe un constat d'assurance. Mais le chauffard ne revint pas près de la voiture.

Monsieur Victor souleva les essuie-glaces avant et arrière comme il le faisait parfois pour masquer sa désapprobation. Mais cette fois-ci personne ne vint jamais les baisser. Personne ne vint récupérer cette voiture.

C'est ce que le vieux monsieur aux petites lunettes et au crâne dégarni raconta au policier qui prenait sa déposition dans le commissariat du Ve arrondissement de Paris.

Il donna à l'officier présent en face de lui la plaque d'immatriculation du véhicule : PK 726 AD.

Le véhicule, une Mercedes bleu marine presque neuve, appartenait à Vincent.

– Pardonnez-moi mais je me fiche de savoir à qui appartient cette voiture ! Tout ce que je veux c'est qu'il vienne la récupérer et qu'il signe un constat.

– Je comprends mais…

– Non, je crois que vous ne comprenez pas. La Clio rouge qui a été endommagée appartient à madame Lauren qui habite au premier.

– Je suis désolé pour madame Lauren mais... Ça va prendre un peu de temps. D'accord ? Rentrez chez vous, on vous rappellera.

– Je peux savoir ce qu'il se passe ?

– On vous rappellera.

En rentrant chez lui ce soir-là Monsieur Victor raconta tout à sa femme. Tout ce qu'il savait. C'est-à-dire pas grand-chose. Mais ce pas grand-chose occupa leur conversation pendant des jours. Jusqu'à ce que la fourrière vienne enlever la voiture un matin peu avant neuf heures.

– Je peux savoir ce que vous faites ?

– Bah... J'enlève la voiture.

– Et le constat ? Le constat d'assurance ? Qu'est-ce que je dis, moi, à madame Lauren ?

– J'en sais rien.

– « J'en sais rien » ? C'est votre réponse ?

– Oui.

– Et qu'est-ce qu'il fait le propriétaire ? Il est où ?

– Il est mort.

– Quoi ?

– Vous m'avez demandé ce que faisait le propriétaire, non ? Eh ben je vous réponds. Il est mort. Maintenant écartez-vous s'il vous plaît...

Le propriétaire de la voiture était mort. C'était donc ça. C'était donc pour ça qu'il n'était jamais revenu chercher son véhicule. Il était mort. Mort.

Voilà un sujet de discussion qui occuperait madame et monsieur Victor pendant les dix prochaines années. Au moins !

– 22 –

LA GLOIRE EST LE DEUIL ÉTINCELANT DU BONHEUR

Rue de Strasbourg à Vincennes. Une petite rue dans une jolie petite ville du Val-de-Marne. Un immeuble gris. Moderne. De taille moyenne.

Benjamin était là. Il était dix heures à peine, dix heures du matin et il était là, avec son sac à dos, en train de composer le code d'entrée de cet immeuble gris de taille moyenne.

Il semblait nerveux, regardant sans cesse autour de lui sans regarder vraiment. Il avait chaud. Il avait peur.

Il attendit quelques secondes l'ascenseur puis se rendit au cinquième étage.

Il s'arrêta devant l'une des portes et sortit de son sac à dos un marteau. Il cogna une fois, deux fois, trois fois, quatre fois, cinq fois. La porte avait fini par se fracturer alors il entra. Il était nerveux. Toujours plus nerveux. Il avait chaud. Toujours plus chaud. Il transpirait.

Il n'y avait rien dans cet appartement. Rien ou pas grand-chose. Un canapé. Une petite table. Une télévision. Une salle de bains, une cuisine et une chambre. Et dans la chambre il y avait à côté du lit une petite table de chevet. Benjamin ouvrit le tiroir du haut, duquel il sortit une petite boîte carrée qu'il mit dans son sac à dos. Il se dirigea ensuite vers le placard et enleva quelques chemises qui étaient encore sur leurs cintres pour les emporter. Près de la douche il y avait un meuble et dans ce meuble il y avait une trousse qu'il prit avec lui. Et deux brosses à dents aussi, qu'il jeta à la poubelle.

Il fit le tour de l'appartement, il prit la poubelle et son sac à dos et puis il sortit d'un pas rapide.

En quittant l'immeuble il regarda tout autour de lui et s'éloigna sans remarquer la voiture garée en face. Une voiture noire semblable à beaucoup d'autres voitures noires. À l'intérieur deux hommes regardaient la scène. Deux policiers en civil. Le Russe et son collègue.

*

Benjamin était maintenant à Paris, au pied d'un autre immeuble. Il sonna à l'Interphone, une voix féminine lui dit alors de monter.

Quelques secondes plus tard il était dans l'appartement de Marc, sans Marc, mais avec Caroline, sa compagne. Sa compagne qui n'était pas encore sa femme, toujours pas sa femme et qui l'attendait ce matin comme elle l'attendait deux ou trois matins par semaine, au moins. Il n'était pas rentré de la nuit. Il avait découché en la prévenant par message qu'il dormait chez un ami. Elle n'avait pas voulu savoir qui était cet ami. Elle ne faisait même plus semblant de fermer les yeux. Elle savait. Elle savait tout. Et le pire c'est qu'elle s'en fichait. Elle avait déjà tourné la page de cette histoire qui n'en était plus une et n'attendait plus que le bon moment pour partir. Parce qu'il y a toujours un bon moment pour partir. Pour dire au revoir. Pour dire adieu. Caroline voulait choisir le bon moment, le meilleur moment possible. Elle n'avait plus envie ni de se venger ni de lui faire mal. Elle comptait simplement les jours.

Dans cet appartement toujours en travaux depuis de nombreux mois elle proposa un café à Benjamin. Ils se dirigèrent alors tous deux dans la cuisine. Une cuisine vide. Il n'y avait pas de vie dans cette cuisine. Pas de vie dans cet appartement rempli de cartons. C'était un appartement triste. C'était l'appartement d'un couple mort.

– Il faut que tu lui parles. Moi il ne m'écoute pas mais toi tu es son ami et il écoute ses amis. Alors il faut que tu lui parles.

– Je veux bien mais... Tu veux que je lui parle de quoi ?

– Tu le sais très bien !

– Non, je t'assure.

Benjamin ne savait pas. Que lui reprochait-elle ? Il y avait tant de choses à lui reprocher ! Lui en voulait-elle parce qu'il n'était pas rentré la nuit dernière ? Lui en voulait-elle pour toutes ces femmes avec qui il la trompait ? Lui en voulait-elle pour cet appartement toujours en travaux, pour toutes ces voitures qu'il achetait et tout cet argent qu'il gaspillait ?

Marc avait toujours été infidèle. Toujours. Mais au début de sa relation avec Caroline il avait fait de son mieux pour le lui cacher, pour se cacher, pour ne pas lui faire de mal. Il l'aimait. Il avait besoin d'elle. Mais tout avait changé. Il avait abdiqué, abandonné. C'était fini. Il le savait. Il ne faisait plus le moindre effort. Il n'avait plus le moindre respect. Il était ailleurs, il était loin, très loin d'elle, il était perdu. Il était triste. Marc, derrière cette flamboyance artificielle, était un homme triste et désespéré.

– Il faut que tu lui parles parce qu'il est en train de se détruire. Il dit que c'est une consommation festive mais ce n'est pas vrai. Il est… Il est addict. Complètement addict. Et il ne s'en rend même pas compte.

– Il se drogue ?

– Arrête ! Ne le couvre pas ! Pas cette fois ! C'est votre grand jeu dans cette bande de vous couvrir les uns les autres, mais là ça suffit. Ça suffit. Vous vous rendez compte de ce qu'il se passe ? Jeremy est en prison. Vincent est mort. Et Marc ne va pas tarder à le rejoindre s'il continue comme ça.

– Caro… Je t'assure que… Je ne le savais pas. Je ne savais pas qu'il se droguait. Je n'ai jamais remarqué que… Je suis désolé.

– Cet argent… Tout cet argent… Ça l'a rendu complètement fou.

– Il était déjà fou avant, tu ne crois pas ? lui répondit-il dans un sourire, comme pour apaiser un peu les choses.

– Ça l'a décomplexé. Il a l'impression qu'il peut faire ce qu'il veut. Et ce qu'il veut, c'est faire n'importe quoi. Il est fou. Je t'assure, il est fou. Il est devenu incontrôlable. Il me reproche de ne jamais vouloir l'accompagner en soirée mais tu l'as vu en soirée ? Tu as vu comment il est ? Évidemment que je n'ai aucune envie de l'accompagner !

Caroline avait fini par se lasser de cette vie. Seule la plupart du temps dans ce grand appartement vide, elle était passée en quelques années de la colère à l'indifférence. Son compagnon n'était plus un compagnon, c'était un étranger qui parfois dormait sous le même toit. Et son amour pour lui avait presque totalement disparu.

Marc avait séparé sa vie en deux. Il y avait d'un côté Caroline et de l'autre ses amis, ses sorties, ses soirées. Au fil du temps et des événements, l'un avait fini par écraser l'autre, par effacer l'autre. Caroline était devenue transparente. Insignifiante.

Alors, quand elle entendit les clefs dans la serrure ce matin-là, Caroline s'éclipsa. Elle ne voulait pas le voir, ils n'avaient rien à se dire, plus rien à partager. De quoi pourraient-ils bien parler ? Que pourrait-elle lui demander quand il entrerait ? « Où est-ce que tu étais ? » serait la question la plus pertinente. Il répondrait, par souci d'honnêteté : « Chez une femme. » Et la suite de leur dialogue pourrait être à peu près celle-ci :

– Chez une femme ?

– Oui.

– Ah… Et cette femme, elle était belle ?

– Très.

– C'est vrai ?

– Oui, elle était très belle. Et toi ? Tu as passé une bonne soirée ?

– Non. J'ai passé une soirée épouvantable.

– Je suis désolé.

– C'est pas grave. Tu veux un café ?

Caroline avait encore un peu d'honneur et beaucoup de dignité alors elle préféra disparaître sans même se justifier auprès de Benjamin.

*

– Qu'est-ce que tu fais là ? demanda Marc à son ami avant même de lui dire bonjour.

– Tu es en retard !

– Je t'avais dit de m'attendre en bas !

– Il fait froid dehors, je ne sais pas si tu as remarqué. Tu étais où ?

– Je te raconterai.

– Tu as vu dans quel état est ta femme ?

– Tu as ce que je t'ai demandé ?

– Marc ?

– Je t'ai entendu.

– Tu devrais faire attention à elle !

– On parlera de Caroline plus tard. Tu as ce que je t'ai demandé ? fit Marc presque en chuchotant.

– Oui, lui répondit Benjamin en lui donnant le sac à dos.

– Tu as tout trouvé ?
– Je crois, oui.
– Parfait. Merci.
– Tu peux me dire ce qu'il y a dedans ?
– On en parlera plus tard.
– J'aimerais bien qu'on en parle maintenant si ça ne te dérange pas !
– Je suis fatigué. Il faut que je dorme. Reste un peu si tu veux. Je vais m'allonger.
– Non, je vais y aller.
– D'accord.

Benjamin se dirigea alors vers la porte, préoccupé par ce qu'il venait de voir, par ce qu'il venait d'entendre. Caroline n'avait pas menti, Marc allait mal, très mal, bien plus mal qu'il ne l'avait imaginé. Pourquoi n'avait-il rien remarqué avant ce matin ? Ils se voyaient souvent, ils se parlaient presque tous les jours et pourtant il n'avait pas vu ce qui à présent lui paraissait évident. Son meilleur ami était en train de perdre pied.

– Benjamin ?
– Oui…
– Merci de m'avoir prévenu que les flics avaient retrouvé mes clefs.
– Pourquoi est-ce que personne ne m'a mis au courant ?

– Tu n'avais pas besoin de savoir. C'est juste un appartement, c'est rien.

– Qu'est-ce que tu fais dans cet appartement ?

– Benjamin…

– Réponds-moi s'il te plaît. J'aimerais comprendre ce qu'il se passe.

– Je vais dormir.

– Il n'est même pas midi ! Personne ne va dormir avant midi ! C'est n'importe quoi !

– J'ai acheté cet appartement pour pouvoir tromper Caroline tranquillement ! Voilà ! Tu es content ? C'est ça que tu voulais entendre ? Et j'avais demandé à Vincent de garder les clefs pour que personne ne sache quoi que ce soit. Personne. Ni toi ni Caroline. Personne. Je n'ai gardé aucun papier de cet appartement, aucune facture EDF, rien. C'est Vincent qui gardait tout. Tout est dans son bureau. Et Valentin c'était le nom de code entre nous. Tu te souviens de cet enfoiré ? Quand je lui parlais de Valentin il savait que je viendrais chercher les clefs. Et si je ne t'ai rien dit c'est justement pour ne pas voir ce regard de chien battu que je vois en ce moment.

– Tu es sûr que ça va ?

– Mais oui.

– Tu as la mâchoire qui tremble.

– Ça va je t'ai dit !

– Tu te drogues ?

– Non. Non je ne me drogue pas. C'est bon ? Je peux y aller maintenant ?

Et Marc quitta la pièce. Benjamin se retrouvait donc seul dans le salon de ce grand appartement triste. Seul. Que restait-il de leur amitié ? Rien ou si peu de choses. Des souvenirs peut-être, des histoires en commun, des histoires du passé.

Si Benjamin avait rencontré Marc pour la première fois ce matin-là il l'aurait probablement détesté. « Le temps abîme tout, avait-il pensé en sortant de l'immeuble. Le temps abîme tout, même les plus belles histoires d'amitié. »

*

Le Russe et son collègue étaient là, juste là, devant l'immeuble. Ils l'attendaient.

– Bonjour Benjamin.

– Qu'est-ce que vous voulez ?

– J'ai quelques questions à vous poser.

– Je n'ai rien à vous dire.

– Vous venez de fracturer la porte d'un appartement et visiblement vous avez volé quelques affaires à l'intérieur alors je pense que si, vous avez des choses à me dire.

– Je ne sais pas de quoi vous parlez…

– Veuillez me suivre s'il vous plaît.

– Je suis obligé ?

– Ne faites pas d'histoires, Benjamin. Je ne vais pas vous passer les menottes. Pas pour l'instant, mais ne m'obligez pas à le faire.

Et les trois hommes montèrent dans la voiture noire.

Le Russe et Benjamin étaient à l'arrière et sous leurs yeux Paris défilait. Paris, cette Ville lumière qu'il avait tant désirée et qui à cet instant précis lui semblait si grise. C'était une ville en noir et gris. Et puis soudain sans prévenir des gouttes de pluie. Et sur la Seine aussi il se mit à pleuvoir.

– Où est le sac à dos ?

– Quel sac à dos ?

– Vous voulez vraiment faire ça ?

– Je ne parlerai pas avant d'avoir parlé avec mon avocat.

– Je vais vous dire quelque chose Benjamin. Je pense que votre ami est innocent. Jeremy. Je pense qu'il n'a pas tué Vincent. Il y a quelque chose qui ne colle pas. C'est un détail mais… Ça ne colle pas. On vient d'avoir le témoignage d'un monsieur. Il habite juste en face de l'église où Vincent a été assassiné. Il était en train de faire le ménage quand il a entendu une voiture entrer en collision avec une autre voiture. Le temps pour lui de sortir de l'immeuble, la voiture était garée. C'était la voiture de Vincent. Il a aperçu deux hommes de l'autre côté de la rue.

Deux hommes de dos qui marchaient vers l'église. Il y avait Vincent, qui visiblement avait du mal à se déplacer, et un autre homme qui le soutenait. Il y a quelque chose qui ne colle pas.

– …

– Jeremy a des tocs. Et selon Aude, son ex-femme, que vous connaissez, plus il est stressé plus il a de tocs. Il ne peut pas fermer une voiture en si peu de temps. Ce n'est pas possible. Aude nous a expliqué en détail tout le protocole qu'il lui faut quand il ferme une voiture. Il vérifie chacune des portières. Plusieurs fois. Il verrouille une première fois. Puis il déverrouille. Puis il verrouille. Puis il déverrouille. Et il fait ça sept fois. Sept fois ! C'est pas rien. Et quand il est stressé il peut faire ça jusqu'à quinze fois. Tous les médecins que l'on a interrogés confirment que c'est possible, que c'est tout à fait plausible. Il y a même des patients qui ont arrêté de conduire à cause de ça. Jeremy n'a pas pu se garer, verrouiller la voiture et traverser jusqu'à l'église en si peu de temps. Ça ne colle pas. Je pense qu'il est innocent. Lisa aussi pense qu'il est innocent. Ce n'est pas suffisant pour le libérer, c'est même très loin d'être suffisant mais je pense qu'on finira par arrêter le vrai coupable.

– Je n'ai rien fait…

– Ce n'est pas vous qui avez fracturé la porte de cet appartement ?

– Je ne parlerai pas avant d'avoir parlé avec mon avocat.

– À propos d'avocat, vous connaissez Yvan Rosenberg ? Parce que lui, il vous connaît. Il est à l'hôpital en ce moment. Il a eu un accident mais il nous a appris quelque chose aujourd'hui, il y a quelques heures à peine ; ça va vous intéresser. Je sais que vous ne voulez pas parler mais à mon avis vous allez avoir envie d'écouter. Yvan Rosenberg nous a dit que le jour du meurtre, Vincent était parti très tôt du cabinet. Beaucoup plus tôt que d'habitude. Et vous savez quoi ? Vous savez ce qu'il nous a dit ? Comme son patron était parti, il avait décidé de partir lui aussi. Il avait rendez-vous avec une femme. Une avocate. Qui nous a confirmé cette version. Yvan Rosenberg était avec cette femme au moment du meurtre, il a un alibi, mais ce n'est pas le sujet. Non, ce qui me pose problème… enfin… ce qui va VOUS poser problème c'est que sur le chemin du cabinet en direction de sa voiture, Rosenberg vous a vus, Vincent et vous. Il vous a vus tous les deux. Vous êtes, de fait, la dernière personne avec qui Vincent a été vu avant sa mort. Alors Benjamin, je vous repose la question : vous êtes sûr que vous n'avez toujours rien à me dire ?

– 23 –

« TU ES EN TRAIN DE GÂCHER TA CHANCE ! »

– Je ne sais pas ce qu'il vous a raconté mais c'est un mensonge. Je n'ai pas vu Vincent ce jour-là. C'est faux. C'est totalement faux.

Depuis trois heures qu'il était interrogé par la police, Benjamin ne cessait de répéter la même chose. Encore et encore. Il n'avait pas vu Vincent le jour du meurtre. Yvan Rosenberg mentait. Ou alors il s'était trompé, ou alors il avait mal vu. Malheureusement Yvan était à l'hôpital et son état s'était dégradé. Il était inconscient à présent, il ne pouvait plus parler et parce qu'il ne pouvait plus parler, Benjamin aux yeux de tous était celui des deux qui ne disait pas la vérité.

– Et même si j'avais vu Vincent ce jour-là… Même si j'avais été le dernier à le voir avant qu'il ne se fasse assassiner, qu'est-ce que cela changerait ? Cela ne voudrait rien dire ! Vincent était mon meilleur ami, on se voyait très souvent !

Son avocat qui l'accompagnait le conseillait dans chacune de ses réponses mais Benjamin n'avait besoin de personne. Il n'était accusé de rien pour l'instant alors il ne paniquait pas. Il avait l'air sûr de lui, sûr de ce qu'il disait. Il ne bougeait ni ses pieds ni ses mains. Il ne tremblait pas. Son discours était cohérent, posé. Mais Benjamin était acteur, et les acteurs jouent la comédie, les acteurs savent faire semblant. Alors le Russe ne pouvait s'empêcher d'avoir un doute. Un sérieux doute.

– Ils ont retrouvé le sac à dos, lui avait dit son avocat quand on les avait laissés discuter seuls. Ils l'ont retrouvé dans l'appartement de Marc.

– Ce n'est pas mon sac à dos. Enfin si, c'est le mien, mais je ne sais pas ce qu'il y a dedans.

– Ce n'est pas ce que dit votre ami.

– Pardon ?

– Marc. Votre ami. Il a dit aux enquêteurs que c'était le vôtre.

– Oui maître, c'est mon sac à dos, c'est ce que je viens de vous dire, mais ce qu'il y a à l'intérieur ce n'est pas à moi.

– Ça va être compliqué à prouver ça. Vous ne savez pas ce qu'il y a dedans ?

– Je vous l'ai déjà dit, je n'en ai pas la moindre idée !

– Donc, si je résume bien, vous vous êtes introduit avec votre sac à dos dans un appartement qui n'était pas le vôtre, pour voler des affaires qui n'étaient pas les vôtres ?

– C'est ça. J'ai pris des chemises, une trousse de toilette et une petite boîte, c'est tout.

– Donc vous savez ce qu'il y a dans ce sac à dos.

– Oui mais…

– Il faut être précis dans vos réponses, Benjamin.

– Je ne sais pas ce qu'il y a dans la boîte ! Dans la petite boîte ! Je ne sais pas ce qu'il y a !

– Vous n'avez pas regardé ?

– Non. J'ai fait ce que Marc m'a demandé de faire. C'est tout.

– J'espère pour vous qu'il n'y aura rien dans cette petite boîte… J'espère vraiment qu'il n'y aura rien.

*

Le Russe était à son bureau, une petite boîte carrée ouverte devant lui. Et à l'intérieur de cette petite boîte carrée des dizaines de clefs USB. Des petites, des grandes, des noires, des blanches. Il lui faudrait des heures pour tout visionner, pour tout analyser.

Il avait regardé sur son ordinateur ce qu'il y avait sur la première clef, puis sur la deuxième, et déjà il comprenait pour quelles raisons Marc avait voulu cacher cette boîte à sa compagne. Il y avait des factures, des budgets, des relevés de compte… et des photos, des centaines de photos. Des photos de lui seul, des photos de lui en soirée, des photos de lui avec d'autres femmes, des photos de femmes seules, de femmes nues ou en tenue légère, en sous-vêtements. Il y avait des vidéos aussi. Il y avait des numéros de téléphone, des adresses, des adresses mail. Il y avait une vie cachée, toute une vie cachée qui soudain refaisait surface.

*

Quand la police était montée chez eux, peu après que le Russe et son collègue eurent emmené Benjamin, c'est Caroline qui avait ouvert la porte et les avait dirigés vers la chambre. Marc s'était allongé comme à son habitude tout habillé dans le lit. Tout juste avait-il pris le temps de retirer ses chaussures. Il dormait la bouche ouverte quand un des trois policiers présents le réveilla.

À peine avait-il ouvert les yeux qu'il alluma une cigarette. Il se dirigea vers la cuisine pour se préparer un café, un double expresso, qu'il but cul sec. Il prit ensuite le temps de répondre à chacune des questions qu'on lui posa. Posément. Calmement. Il était souriant, chaleureux. Marc était un homme qui savait être chaleureux, qui savait mettre les gens à l'aise, même quand ces gens-là étaient officiers de police. Il avait un don. Il avait la faculté de se faire apprécier en très peu de temps, presque instantanément, s'il l'avait décidé. Un petit sourire, une tape amicale sur l'épaule, un compliment par-ci, une gentillesse par-là. Marc savait y faire.

– Vous voulez voir le sac à dos ? Il est juste là. Mais je dois vous dire que… Ce n'est pas mon sac.

– Ah non ?

– Il appartient à Benjamin. Vous connaissez Benjamin, non ? Il est venu me le déposer ce matin.

– Il est venu vous le déposer ?

– Est-ce qu'il a des ennuis ? Je veux bien vous dire tout ce que je sais mais je ne veux pas… Je ne voudrais pas qu'il ait des problèmes à cause de ce que je vais dire.

– Pourquoi est-ce qu'il a déposé son sac à dos ici ?

– Attendez, je vais fermer la porte… Je préfère que Caroline n'entende pas notre discussion. Bon… Je ne sais pas trop si ce que je vais vous dire à un rapport avec l'enquête, je ne vois pas pourquoi ça aurait un quelconque rapport mais je vais vous expliquer. Benjamin est un… c'est un vieil ami, vous savez. Un ami d'une loyauté indéfectible. Il savait que… Je ne suis pas parfait malheureusement. J'espère que vous ne me jugerez pas pour ça mais je ne suis pas… Enfin… On ne peut pas dire que je sois très fidèle. Vous savez ce que disait Sacha Guitry à propos de la fidélité ? « La fidélité n'est pas une qualité humaine. Non, une qualité dont on ne fait bénéficier qu'un seul être à la fois ne saurait être une qualité. » C'est joli, hein ? Bref… Où est-ce que j'en étais ? Ah oui… Quand Benjamin a su que votre collègue avait retrouvé la clef de mon appartement… enfin… la clef de mon autre appartement, il est parti récupérer deux ou trois petites choses pour moi.

Marc ouvrit alors un des placards de la cuisine pour en sortir une petite boîte. Une petite boîte carrée qui contenait des dizaines de clefs USB.

– Tenez. C'est ce que Benjamin m'a apporté ce matin. Pour me protéger. Pour protéger mon couple. Pour que Caroline n'apprenne jamais ce que je faisais. D'ailleurs, si c'est possible… j'aimerais que… j'aimerais que vous restiez le plus discret possible sur ce que contiennent ces clefs. Ah… Et… Je lui ai demandé de me rapporter des chemises aussi. Vous voulez les voir ?

Avant de partir, un des policiers présents demanda à interroger Caroline. Quelques minutes. Juste quelques minutes en tête à tête.

Près d'une heure et trente minutes plus tard, cet entretien prit fin.

*

Après trois heures à analyser ce que contenaient les clefs, Le Russe fit une pause. Il n'y avait rien d'intéressant, rien qui concernait directement l'enquête. Toutes les clefs étaient remplies des mêmes choses, principalement des photos et des vidéos de Marc avec d'autres femmes. Marc semblait très fier de ses conquêtes. Très fier de ses infidélités. Il y avait un côté un peu pathétique dans cette petite boîte aux souvenirs. Une petite boîte pour se prouver que tout était réel, que tout avait changé, qu'il avait du succès à présent, du succès avec les femmes. Le Russe ne put s'empêcher d'avoir de la peine pour Marc, pour cet homme de presque quarante ans qui tragiquement n'avait pas réussi à grandir.

« Il faudrait ne jamais grandir, avait dit un jour Vincent à sa femme. Mais si on ne grandit pas comment devient-on père ? »

Cette question l'obséda de nombreuses années jusqu'à l'arrivée de leur première fille : Lili.

Lili comme une évidence. Comme la réponse à toutes ses questions. Lili, devenue dès son apparition au monde sa plus belle raison de vivre et qui fit du garçon qu'il était encore un homme responsable. Elle n'était pour lui ni un trophée ni une médaille, elle était un trésor qu'il protégerait tout au long de son existence. Vincent, en devenant papa, avait grandi, mûri, et à sa grande surprise il avait aimé ça, il avait adoré ça.

Marc, lui, vivait avec vingt-cinq ans de retard ce qu'il avait rêvé de vivre quand il était adolescent. Il avait gagné au Loto, il était riche, il était libre. Libre de profiter de chaque soir, de chaque nuit. Libre de rattraper le temps perdu, tout ce temps perdu. Libre, enfin. Et pour une étrange raison, il avait eu envie de conserver des souvenirs de cette folle période dans une petite boîte carrée.

En fin d'après-midi le Russe était toujours à son bureau à analyser les différents documents présents sur les clefs USB. Et soudain quelque chose retint son attention.

Marc avait sauvegardé tout au long des dernières années de nombreuses discussions WhatsApp. Des discussions avec Caroline. Des discussions avec Benjamin, avec Jeremy. Des discussions avec Vincent, aussi, bien sûr.

Cette conversation avec Vincent commençait en 2010 par : « Alors ? Ça marche ? Tu reçois mes messages ? » et trouvait sa conclusion en 2021 par : « Ok. Alors on se tient au courant. Embrasse les enfants pour moi. »

Dans le fil de cette discussion le Russe s'arrêta un instant quelques jours avant ce dernier message.

Le lundi 24 mai 2021, Marc et Vincent avaient échangé tout au long de la journée jusqu'à vingt et une heures. Puis plus rien jusqu'au mercredi 26 mai, vingt-trois heures. Plus rien à part un message de Vincent le mardi 25 à quatorze heures quarante-sept : « Encore ??? Je pensais qu'on était passé à autre chose ! Je te l'ai dit j'ai oublié. »

– Est-ce qu'on a récupéré le téléphone de la victime ? demanda le Russe à un de ses collègues.

– Je ne sais pas. Pourquoi ?

– Parce que j'aimerais bien le consulter. Tu sais si on a le droit de faire ça ?

– Je ne sais pas. Mais pourquoi tu veux le consulter ?

– J'aimerais vérifier quelque chose.

– Qu'est-ce que tu veux vérifier ?

– Laisse tomber !

Le Russe quitta alors son bureau et posa la même question à un autre collègue qui lui répondit par l'affirmative : la police avait récupéré le téléphone de Vincent et avait déjà consulté l'historique des photos, des messages et des mails sans rien y trouver qui puisse faire avancer l'enquête.

Le Russe s'occupa des formalités et dès le lendemain matin il put consulter le téléphone. Il cherchait quelque chose en particulier. Il cherchait une conversation entre Vincent et Marc. Une conversation ayant eu lieu entre le lundi 24 mai et le mercredi 26 mai 2021. Il avait l'intime conviction que Marc avait effacé cette discussion. Et quelques secondes plus tard, quelques secondes seulement, il put vérifier que son intuition était la bonne. Entre ces deux dates il y avait sur le téléphone portable de Vincent de nombreux messages entre eux.

Pourquoi donc Marc avait-il effacé tous ces échanges ?

Le Russe n'allait pas tarder à le savoir.

MARC : « Tu m'as raccroché au nez ? »

« Vincent ?? »

« Vincent !! Réponds-moi !!! »

VINCENT : « On se parle plus tard. »

MARC : « On se parle plus tard ? Sérieusement ? »

« Vincent ? »

« ??????????? »

« Je me suis excusé, c'est bon, je ne vais pas te courir après pendant dix ans !!!! »

VINCENT : « C'était l'anniversaire de ma fille. C'était important pour moi. »

MARC : « J'ai raté l'anniversaire de ta fille, je suis désolé ! Je viendrai l'année prochaine. Promis ! »

VINCENT : « T'es vraiment trop con. »

MARC : « Mais quoi ? Qu'est-ce que j'ai dit ? Elle a quatre ans, elle n'a même pas dû remarquer que je n'étais pas là !!!!!! »

VINCENT : « Arrête avec les points d'exclamation. »

« Et Mia n'a pas quatre ans. Tu ne connais même pas son âge. C'est ma fille et tu ne connais pas son âge, c'est grave. »

MARC : « Va te faire foutre ! »

VINCENT : « Je ne sais même pas pourquoi on est encore amis, pourquoi on se parle encore. Par habitude peut-être. Pour ne pas rompre le seul lien qui nous relie à l'enfance. Mais il faut se rendre à l'évidence Marc, on n'a plus rien en commun, plus rien à partager. »

MARC : « Tu vas me faire pleurer. »

VINCENT : « Pfff… »

MARC : « Non mais quoi ? C'est vrai ! C'est tellement émouvant ce que tu dis ! »

Puis plus rien. Plus aucun message pendant plus de quatre heures. C'est Marc qui reprit la conversation, visiblement après avoir une nouvelle fois tenté de joindre Vincent.

MARC : « Réponds-moi ! »

« Vincent ? »

« Réponds à mon appel. S'il te plaît. Réponds à mon appel et parlons-nous. Arrêtons les messages, ça va dégénérer. Comme la dernière fois. Alors parlons-nous. »

VINCENT : « Je n'ai plus envie de te parler. »

MARC : « T'es sérieux ? »

VINCENT : « En fait je crois que je n'ai plus envie de te voir. »

MARC : « Tu n'as plus envie de me voir à cause d'un putain d'anniversaire ??!!! »

VINCENT : « Tu ne comprends rien ou tu le fais exprès ? Tu n'es quand même pas con à ce point ! »

MARC : « Bon tu sais quoi ? Tu as raison ! Tu ne veux pas répondre ne réponds pas. Je ne sais pas pour qui tu te prends mais il faut que tu redescendes un peu ! »

« Je commence à en avoir assez de ta condescendance ! »

« Je vais te dire ce que je pense, Vincent. Je vais te le dire une bonne fois pour toutes ! Tu ne mérites pas mon amitié ! Tu vois, il y a quelques moi j'ai regardé Caro et je me suis dit : "Ah merde ! Je crois que c'est fini." Eh bien en ce moment je ressens exactement la même chose avec toi. Je crois que c'est fini ! »

VINCENT : « Tu ferais mieux de respecter ta femme au lieu de raconter n'importe quoi. Je ne sais pas comment elle peut rester avec toi. »

MARC : « Je suis irrésistible. »

VINCENT : « Et "mois" ça s'écrit avec un s. »

MARC : « ? »

VINCENT : « Relis plus haut ! »

MARC : « Tu es prof de français maintenant ? ! »

VINCENT : « Je me permets de corriger tes fautes d'orthographe. »

MARC : « C'était une faute de frappe ! »

VINCENT : « "Il y a quelques mois" ça s'écrit MOIS pas MOI ! »

MARC : « C'est bon j'ai compris ! T'es lourd !! »

Quelques heures plus tard c'est à nouveau Marc qui écrivit à Vincent.

MARC : « Vincent ? »

« Tu dors ? »

« Bon. Il est tard, tu dois dormir mais je voulais te dire que j'étais désolé d'avoir raté l'anniversaire de Mia. J'ai déconné. Parlons-nous quand tu veux. »

VINCENT : « Désolé je dormais hier soir quand tu m'as écrit. »

MARC : « Pas de soucis. La petite a reçu le cadeau ? »

VINCENT : « Oui. Merci. C'est gentil. »

MARC : « Le vélo est à sa taille ? »

VINCENT : « Oui. Il est très beau. Et elle était très heureuse ce matin quand le livreur a sonné. C'était une belle surprise. »

« Merci. »

MARC : « Tu veux que je passe te voir aujourd'hui ? »

« Je peux être au cabinet vers seize heures. »

VINCENT : « Je peux te poser une question ? Pourquoi tu n'es pas venu ? »

MARC : « Encore ??? Je pensais qu'on était passé à autre chose ! Je te l'ai dit j'ai oublié. »

VINCENT : « Pourquoi tu as oublié ? »

MARC : « ? »

VINCENT : « Tu as recommencé tes conneries ? »

MARC : « De quoi tu parles ? »

VINCENT : « Marc ! Dis-moi la vérité ! Est-ce que tu as recommencé avec tes conneries ? »

MARC : « Arrête ! On ne va pas encore parler de ça ! J'en ai marre de tes leçons de morale ! »

VINCENT : « Tu dois te faire aider ! »

MARC : « JE N'AI PAS BESOIN D'AIDE !!!!!!!!!! »

VINCENT : « SI !!!!!!!!!!! »

« Tu as un problème !! Un vrai problème !!! »

MARC : « Tu dis n'importe quoi ! Arrête un peu ! »

VINCENT : « Tu sais ce qu'il va se passer si tu continues comme ça ? Tu vas tout perdre ! Crois-moi tu vas tout perdre ! »

MARC : « Et voilà ! Tu recommences avec tes leçons de morale ! »

VINCENT : « Je dis ça pour toi ! C'est dangereux ! »

MARC : « J'ai oublié l'anniversaire de ta fille, ça c'est vrai, et je te l'ai dit je suis désolé, mais ça n'a rien à voir. »

VINCENT : « Tu ne fais rien de tes journées ! Tu te couches tard ! Tu te lèves tard ! Tu dépenses tout ton argent dans des conneries ! Tu fais n'importe quoi ! Tu es en train de gâcher ta chance ! »

MARC : « Bon ça suffit ! J'arrive ! »

VINCENT : « Non ! Je n'ai pas le temps de te voir aujourd'hui ! »

MARC : « Je m'en fous, j'arrive ! »

Soudain, le Russe fut interrompu dans sa lecture.

Son collègue s'approcha de lui pour lui annoncer qu'Yvan Rosenberg s'était réveillé et qu'il venait d'être interrogé. On lui avait montré la photo de Benjamin pour confirmer son premier témoignage mais Yvan Rosenberg s'était trompé. Ce n'est pas Benjamin qu'il avait vu en bas du cabinet le jour du meurtre. Non, ce n'était pas Benjamin, ce n'était pas l'homme qu'on lui montrait en photo.

Allongé sur son lit d'hôpital, les yeux à peine ouverts, Yvan Rosenberg acquiesça quand on lui montra un autre cliché. Un cliché représentant Vincent et un autre de ses amis. Un cliché représentant Vincent et Marc lors d'un voyage au bord de la mer.

Yvan Rosenberg avait reconnu Marc.

C'est lui qui était venu voir Vincent ce jour-là, en bas du cabinet.

C'était donc lui, c'était donc Marc, le dernier à avoir vu Vincent le jour du meurtre.

– 24 –

UN DERNIER RENDEZ-VOUS

Caroline et Marc étaient attablés dans un restaurant situé au 16, carrefour de l'Odéon, dans le quartier de Saint-Germain-des-Prés. Elle buvait un grand chocolat chaud et lui la regardait boire son grand chocolat chaud en ne buvant rien d'autre qu'un verre d'eau pétillante.

Il était dix-sept heures et déjà la nuit commençait à tomber.

Il y avait si longtemps qu'ils ne s'étaient pas retrouvés l'un en face de l'autre dans un restaurant. Des mois. Peut-être même des années.

Quand la police avait quitté leur appartement en les prévenant que, bientôt, l'un et l'autre seraient probablement convoqués au commissariat le plus proche, ils n'avaient rien dit, ils s'étaient tus. Et Marc l'avait regardée comme il ne la regardait plus. Il avait pris le temps de la trouver belle.

Il n'avait rien prévu ce jour-là, comme tous les jours de la semaine ou presque, alors il lui proposa d'aller faire un tour dehors, un tour à Saint-Germain, ce quartier qu'ils avaient tant fréquenté autrefois. C'est elle qui eut l'idée du Hibou, ce restaurant qui était pour eux le restaurant du premier rendez-vous.

C'était une autre vie. Un autre temps. Il était un jeune agent immobilier à l'époque, elle était une jeune femme un peu paumée, un peu perdue, qui rêvait de défiler sur les podiums du monde entier. Ils s'étaient retrouvés là presque par hasard, ils s'étaient trouvés, ils s'étaient aimés dès la première nuit. Caroline l'avait serré si fort dans ses bras qu'il n'avait pas osé partir. Il avait dormi chez elle, dans son lit, lui qui ne dormait jamais avec aucune femme. Il lui avait caressé les cheveux le matin avec une tendresse inhabituelle, comme pour la rassurer, comme pour la protéger.

Aujourd'hui, c'est Marc qui avait besoin d'être rassuré, qui avait besoin d'être protégé. Il avait le visage fatigué, le teint gris et des cernes en dessous des yeux. Elle ne le reconnaissait pas, ne le reconnaissait plus. Il avait changé, vieilli. C'était un autre.

– Est-ce que tu m'aimes encore ? lui demanda-t-il en faisant de son mieux pour contrôler cette mâchoire qui tremblait.

– Non, lui lança-t-elle froidement entre deux gorgées de chocolat chaud. Je crois que je ne t'aime plus.

Marc laissa passer quelques secondes, le temps de digérer l'information. Quelques secondes avant de lui répondre : « Je comprends. » Et soudain il se mit à pleurer. De vrais sanglots qu'il ne parvenait plus à contenir, comme s'il était fatigué de se contrôler. À présent, assis en face de cette femme qui ne l'aimait plus il était nu, il avait froid, il avait peur sans doute. Il avait eu envie de s'offrir une parenthèse, une jolie parenthèse, mais c'était trop tard, c'était fini.

– Je suis désolé mon amour… Je suis désolé…

– Qu'est-ce qu'il y a dans la trousse de toilettes ?

– Quoi ?

– Je ne sais pas d'où elle vient cette trousse de toilette et je ne veux pas le savoir, mais je te connais, j'ai vu ton regard quand le policier t'a prévenu qu'il l'emportait. Alors dis-moi ce qu'il y a dedans.

– Caroline… Tu es la seule femme que j'aie jamais aimée. La seule. Je sais que tu m'en veux… Et tu as des raisons de m'en vouloir bien sûr, mais je t'ai aimée de tout mon cœur.

*

Et le Russe se mit à courir… De plus en plus vite. Jusqu'à en avoir le souffle coupé. Il monta dans la voiture de son collègue qui démarra presque instantanément après avoir mis le gyrophare. Ils roulèrent à toute vitesse jusque dans le XVIe arrondissement et l'appartement de Marc. Personne ne répondit quand ils sonnèrent à l'Interphone. Personne ne répondit non plus quand ils frappèrent à la porte.

À Saint-Germain, place de l'Odéon, le téléphone de Caroline sonna. C'était un numéro inconnu.

– Réponds, lui dit Marc. Et tu peux leur dire où on est.

– Quoi ?

– C'est la police. Réponds-leur.

– Marc… Qu'est-ce que tu as fait ?

– Je sais que tu leur as dit la vérité tout à l'heure. Tu leur as dit que tu n'étais pas avec moi le jour où Vincent a été tué, et tu as eu raison. C'est bien. Je m'en suis voulu la première fois quand je t'ai demandé de leur mentir. Tu dois être soulagée maintenant. Et moi aussi je suis soulagé.

– Qu'est-ce que tu as fait ?

Et Marc lui prit alors la main avec ce qu'il lui restait de tendresse. Dans quelques secondes il lui révélerait ce qu'il y avait dans la trousse de toilette. Ce qu'il y avait avant qu'il jette tout dans les W.-C. de leur appartement.

À présent c'est Caroline qui tremblait. C'est elle qui avait peur. Peur de découvrir la vérité. Peur d'ouvrir les yeux. Elle respirait fort, regardant un peu partout, à droite, à gauche, recherchant une aide qui ne viendrait pas. Elle avait voulu savoir ce qu'il y avait dans cette trousse de toilette qu'elle n'avait encore jamais vue alors elle saurait. C'était le moment. Le moment d'en finir. Le moment pour tout se dire.

Du GHB. Plus communément appelé la drogue du violeur. Voilà ce qu'il y avait dans la trousse de toilette. Voilà pourquoi il avait demandé à Benjamin d'aller la récupérer en urgence avant que la police ne la trouve. Voilà pourquoi le téléphone de Caroline sonnait. La police avait dû examiner la trousse et en l'examinant avait dû trouver des traces de cette poudre blanche.

Le GHB est un dépresseur du système nerveux : à forte dose, ce psychotrope a un effet sédatif qui ralentit le système nerveux. On peut le trouver sous différentes formes. Sous une forme liquide ou sous forme de poudre blanche. Les effets se font ressentir dix minutes seulement après qu'on l'a avalé et peuvent durer jusqu'à quatre heures. Les victimes perdent alors le contrôle. Elles perdent conscience, elles ont des vertiges, des chaleurs, elles ont du mal à respirer, elles somnolent et vomissent même parfois. Leur fréquence cardiaque diminue. Leur tension artérielle aussi. Le GHB est une drogue très dangereuse, principalement utilisée par des prédateurs sexuels.

Quelques jours plus tôt, lors de l'autopsie pratiquée sur le corps de Vincent, c'est cette drogue qui avait été retrouvée sur des mèches de ses cheveux.

– Qu'est-ce que tu as fait ? lui demanda Caroline une nouvelle fois sans avoir envie d'entendre la réponse.

Elle retira ses mains de celles de Marc pour essuyer les larmes qu'elle ne pouvait plus retenir. Elle espérait encore qu'il la rassure, qu'il lui dise qu'elle faisait fausse route, mais tout au fond d'elle, elle savait. Tout au fond d'elle, Caroline avait compris.

– Tu as tué Vincent ? C'est toi ? C'est toi qui as tué Vincent ?

*

11 décembre 2022.

Marc attendait Vincent en bas du cabinet. Il était à cran, fébrile, les nerfs à vif. Il était venu récupérer ses clefs, les clefs du petit appartement à Vincennes.

Vincent avait mis du temps à descendre et lui aussi paraissait anxieux, contrarié. Ce matin-là il s'était disputé avec Lisa. Une dispute qui avait éclaté dans le lit et qui s'était poursuivie après le premier café. Vincent avait fait un cauchemar, encore un cauchemar où sa femme le trompait avec un autre, avec un homme au visage inconnu et déformé. Et pour lui, comme à chaque fois, le rêve prenait le pas sur la réalité. Il était jaloux et cette jalousie leur empoisonnait l'existence.

Ce matin-là, il lui ressortit un vieux dossier dont il ne lui avait encore jamais parlé : ce thé qu'elle avait bu chez eux avec un autre. Il y avait deux dessous-de-verre quand il était rentré. Il n'avait rien dit, il ne lui avait rien dit, mais il savait. Il en était sûr, elle le trompait. Lisa, à peine réveillée, avait dû se justifier, lui raconter la vérité, sa vérité, mais Vincent ne voulait rien entendre.

Oui elle avait bu un thé ce jour-là et oui il y avait deux dessous-de-verre devant elle, sur la table basse. Le premier pour la tasse. Le second pour le sachet de thé, pour ne pas salir la table. C'était aussi bête que ça. Aussi simple. Elle était seule chez elle, seule à boire une tasse de thé quand son mari était rentré.

« Et si les couples qui divorcent se haïssaient uniquement pour ne pas souffrir ? », avait pensé Vincent dans la voiture après avoir quitté le domicile conjugal.

Il s'était dit que si Lisa demandait le divorce il ne pourrait jamais ne plus l'aimer, alors la seule solution serait pour lui de la haïr. La haïr pour ne pas souffrir.

Il avait eu envie de l'appeler, il avait eu envie de lui dire : « je t'aime ». Simplement « je t'aime ». Il était tard, il était sur le point d'arriver au cabinet alors il s'était dit qu'il lui écrirait un message dans la journée pour lui demander pardon pour cette jalousie maladive et malvenue. Il lui écrirait un long texto pour lui dire qu'il l'aimait, l'aimait encore et toujours et plus que tout.

Vincent ne lui a jamais envoyé ce dernier message. Il est mort avant le dernier « je t'aime ».

– Je suis en bas. Je peux monter ? lui avait demandé Marc au téléphone.

– Pas maintenant.

– Pourquoi ?

– Je suis avec un client.

– Je dois voir Valentin !

– J'ai compris mais pas maintenant.

– Je monte !

– Non ! Attends-moi en bas j'arrive.

Et Vincent, après avoir raccroché, avait laissé pour quelques secondes le client qui se trouvait dans son bureau et il était descendu pour rejoindre son ami, sans prendre les clefs.

– Rentre chez toi.

– Quoi ?

– Marc, rentre chez toi ! Regarde-toi, regarde dans quel état tu es !

– Tout va bien ! Je vais bien ! Donne-moi les clefs !

– Rentre chez toi.

Marc était en manque.

Il suait, il ne tenait pas en place. Il attendait son traitement, sa dose de drogue quotidienne.

Il avait donné rendez-vous à Vincennes à cet homme dont il ne connaissait ni le nom ni le prénom et qui faisait office de dealer. C'est toujours lui qu'il contactait pour la livraison, une ou deux fois par semaine. Il envoyait un texto sur un numéro de téléphone qui changeait tous les mois et un homme en capuche venait lui livrer ce dont il avait besoin en bas de l'immeuble rue de Strasbourg à Vincennes.

Vincent ne pouvait pas laisser son ami comme ça, dans cet état-là, alors il appela sa secrétaire pour lui demander de faire patienter le client qui était dans son bureau. « Dites-lui que je dois gérer une urgence. Un problème familial. » Il ajouta qu'il serait bientôt de retour, dans vingt ou trente minutes seulement, le temps de déposer Marc chez lui, dans le XVIe arrondissement, à quelques kilomètres de là.

Vincent était au volant de sa voiture, une Mercedes bleu marine presque neuve, et tandis qu'il roulait le plus rapidement possible il ne pouvait s'empêcher de faire la leçon à son ami assis sur le siège passager. Un flot de paroles continu, un flot de reproches. Vincent avait de la peine pour Marc. Comment avait-il pu se mettre dans cet état ? Pourquoi ? Pour quelles raisons se détruisait-il comme ça ? Marc ne répondait rien. Il regardait par la fenêtre. Il tremblait. Il agitait sa cuisse droite. Ou alors elle s'agitait toute seule. Il était nerveux, de plus en plus nerveux. Il était en souffrance. Il respirait de plus en plus fort sans jamais prononcer le moindre mot. Il écouta les remontrances en silence jusqu'à l'arrivée chez lui, dans ce chez-lui toujours en travaux. Marc avait rêvé de richesse, de grandeur, de bourgeoisie mais il vivait encore dans les cartons.

Caroline n'était pas là.

Elle était à l'université. Elle avait repris des cours. Elle voulait changer de voie, changer de métier, devenir maîtresse, maîtresse d'école. Elle n'était pas là. Ils étaient seuls, seuls dans ce grand appartement triste.

Vincent devait partir, repartir vers son cabinet où l'attendait cet important client qu'il avait abandonné brusquement. Il devait s'en aller mais avant de partir il avait encore deux ou trois mots à dire. Il était en colère et parce qu'il était en colère il parlait fort, très fort. Il s'emportait, il criait, il avait envie d'en découdre.

– Je ne comprends pas ! Je ne comprends pas pourquoi tu fais ça ! Pourquoi tu te mets dans des états pareils ! Regarde-toi ! lui répétait-il en boucle. Regarde-toi ! Tu me fais honte !

Marc était assis, essayant de boire un verre d'eau gazeuse qui lui piquait la gorge. La cuisine dans laquelle ils se trouvaient tous les deux lui paraissait soudain petite, trop petite, exiguë. Vincent faisait les cent pas, se déplaçant d'un côté à l'autre sans jamais lâcher son ami du regard.

– Je ne te reconnais plus ! Je ne te reconnais plus ! Je ne te reconnais plus !

– C'est bon ça va, j'ai compris.

– Non ça va pas ! Ça va pas du tout ! Tu sors tous les soirs ! Tous les soirs putain ! Tous les soirs !

– Arrête !

– Mais quoi ? C'est la vérité ! C'est pathétique !

Marc, le regard perdu, essayait de trouver une échappatoire. Il aurait voulu s'enfuir mais il était bloqué et chacun des mots prononcés par Vincent était comme un coup au visage qu'il recevait. Il était à l'agonie, presque K.-O.

– Vincent ! Je t'en supplie arrête !

Marc était fragile et parce qu'il était fragile il était en train de craquer sous le poids des reproches. Mais pour Vincent c'était le moment, c'était le moment où jamais pour que son ami comprenne, qu'il comprenne enfin et se regarde dans le miroir. C'était le moment où jamais pour qu'il constate l'étendue des dégâts.

– Arrête tes conneries ! Arrête tout ! Maintenant ! Moi je ne me suis jamais drogué ! Jamais ! Jamais !

– Oui je sais, toi tu es parfait.

– Je ne suis pas parfait mais je fais de mon mieux, contrairement à toi ! Tu me fais pitié, franchement ! Regarde-toi ! Tu trembles ! Tu trembles parce que tu es en manque, c'est catastrophique ! Tu diras à ton dealer d'aller se faire enculer ! Je vais le dénoncer, moi, ce fils de pute !

– Tu ne vas rien faire du tout, arrête ! Et arrête de me parler comme ça !

– Je dis ça pour toi, abruti !

– Mais non tu ne dis pas ça pour moi ! Tu dis ça pour me montrer à quel point tu es au-dessus, au-dessus de moi. Pour montrer que toi tu es fort. Pour montrer que toi tu es plus fort que moi, plus fort que nous, plus fort que nous tous ! Plus fort que Jeremy, plus fort que Benjamin, plus fort que moi. Toi tu as tout compris et nous on est des merdes ! C'est ça que tu veux entendre !

– Mais pas du tout ! T'es complètement parano !

– Regarde comment tu me parles ! Tu sais où tu peux te la foutre ta putain de condescendance ? Je m'amuse, j'ai le droit ? J'ai le droit de m'amuser ou pas ? Toi tu es devenu chiant ! Chiant à en crever avec tes leçons de morale à la con ! T'es devenu sérieux, t'es devenu vieux. C'est ça la vérité ! En fait tu es jaloux ! Tu es jaloux parce que moi je m'éclate alors que toi tu te fais chier dans ta pauvre vie de vieux. Moi je fais la fête ! J'ai gagné le droit de faire la fête ! Et les filles qui sont avec moi elles sont magnifiques ! Et toi tu es jaloux parce que tu n'as pas le courage de faire ce que je fais !

– Le courage de faire quoi ? Tu trompes Caro avec des prostituées ! Des prostituées, Marc ! Tu veux que je sois jaloux de ça ? Ces femmes-là, elles n'ont aucune envie d'être avec toi, aucune envie de coucher avec toi ! Elles font ça par obligation ! Imbécile !

– En fait… Pardon de te dire ça mais… Tu ne connais rien. Tu ne connais rien à rien ! Tu ne connais rien au monde de la nuit. Rien ! Alors ferme-la ! C'est bon, ça suffit. Tu n'as pas un client qui t'attend ? Va le rejoindre, c'est mieux. Et rapporte-moi mes clefs. C'est mon appartement. Il est à moi. Je fais ce que je veux avec. C'est pas toi qui vas décider pour moi.

Tu te prends pour qui ? Casse-toi de chez moi ! Tu m'entends ? Casse-toi ! Barre-toi ! Et pour que tu saches je vais te le dire : t'es un connard ! T'es un connard parce que tu ne comprends rien. Tu juges, tu juges, mais tu ne comprends rien ! Je suis gentil avec ces filles. Je suis très gentil. Et elles sont consentantes, je ne les force à rien.

– Arrête un peu ! Pas à moi ! Raconte ça à qui tu veux mais pas à moi. Tu crois que je ne sais pas ce que tu fais ? Tu leur offres de l'alcool, de la drogue, tu leur offres tout un tas de choses pour obtenir ce que tu veux ! Elles sont fragiles mentalement, elles sont désœuvrées, désemparées, et toi tu en profites !

– Mais tu vas la fermer oui ?

– Non, toi tu vas la fermer et tu vas écouter ce que j'ai à te dire ! Ça fait trop longtemps que je me retiens !

– Est-ce que… Je crois que tu ne te rends pas compte à quel point tu es un connard !

– Tu l'as déjà dit, ça !

– Est-ce que tu sais comment je suis avec elles, avec ces femmes, avec chacune d'entre elles ? Non tu ne sais pas ! Tu ne sais rien ! Je me comporte comme un prince ! Oui Vincent, tu peux faire cette tête, je suis un prince ! Je suis beau, je suis riche, je leur donne de l'argent… De quoi veux-tu qu'elles se plaignent ? Je leur offre du champagne, du très bon champagne. Tu sais combien ça coûte une bouteille de bon champagne ? Et je ne veux pas me vanter mais je suis un très bon coup !

– Tu crois vraiment que si ces femmes couchent avec toi c'est parce que tu es un bon coup ? Tu crois vraiment ça ? Mais bordel c'est pas possible ! Si elles avaient fait des études, tu crois qu'elles passeraient ne serait-ce qu'une minute avec un mec comme toi ? Si elles avaient eu des parents vigilants, si elles avaient eu une bonne éducation, tu crois vraiment qu'elles se prostitueraient ? Et qu'elles passeraient la nuit avec toi pour cinq cents, six cents ou sept cents euros ? J'ai honte de toi ! Tu me fais honte ! L'homme que tu es devenu est à vomir ! Tu sais quoi ? Il avait peut-être raison Valentin, après tout. Peut-être que tu vas finir dans la rue. Tout seul ! Tout seul comme une merde !

Ça, il n'aurait pas fallu… Vincent venait d'assener le coup de grâce et se dirigea ensuite vers les toilettes. Il disparut pendant cinq minutes. Cinq petites minutes qui allaient tout changer. Tout changer et pour toujours.

Marc, choqué, vexé, outré, se leva de sa chaise et se rendit dans la chambre d'un pas rapide. Il ouvrit un placard duquel il sortit un grand sac de sport. Il y avait dans ce sac deux raquettes de tennis et des balles jaunes, des dizaines de balles jaunes, des serviettes blanches aussi, et une petite boîte. Et dans cette boîte, une petite fiole, qu'il prit. Une fois de retour dans la cuisine, il versa de l'eau minérale dans un verre. Et dans ce verre d'eau minérale il versa quelques gouttes en provenance de cette fiole. Juste quelques gouttes.

Vincent, de retour, était prêt à reprendre le combat mais avant cela il accepta bien volontiers ce verre d'eau que son ami lui proposait. Un verre d'eau semblable à n'importe quel autre verre d'eau à l'exception près qu'il contenait quelques gouttes de gamma-hydroxybutyrate, dit GHB.

Dans un premier temps il n'y eut pas d'effet, pas le moindre effet, et Vincent reprit là où il s'était arrêté. Il aborda la quête du bonheur, ce Graal qu'il poursuivait jour après jour avec assiduité, avec passion. « Le bonheur c'est être en paix lui dit-il, en paix avec soi-même. » Il avait envie de l'aider, envie de le soutenir, envie de le guider sur ce chemin qu'il avait emprunté depuis de longs mois déjà et qui le rendait heureux. Heureux enfin. Il évoqua l'idée de lui présenter le prêtre auprès duquel il avait pris l'habitude de se confesser. La confession pourrait lui faire du bien, pourrait changer sa vie comme elle avait changé la sienne. Marc ne croyait pas en Dieu. Il ne croyait en rien et Vincent le savait. Mais Vincent voulait le convaincre qu'il n'était pas trop tard, qu'il n'était jamais trop tard pour changer de direction, pour faire marche arrière. Et Marc l'écoutait avec un petit sourire, un léger rictus au coin des lèvres. Il attendait le moment, ce moment où Vincent perdrait pied, lui qui se tenait debout, qui se tenait droit, toujours droit, trop droit, et qui l'humiliait avec ses conseils et ses leçons de vie. Bientôt, dans quelques minutes seulement, Vincent se mettrait à bafouiller, à transpirer, bientôt il allait avoir chaud, il allait avoir la nausée. Marc voulait voir Vincent souffrir. Il voulait qu'il ait mal comme lui avait mal en ce moment, assis dans cette triste cuisine au frigo vide. Marc jubilait, il allait se venger. Enfin ! Il n'écoutait plus la moindre phrase, le moindre mot prononcé par Vincent. Il le regardait. Il attendait de le voir tomber. Il ne voulait pas rater ça. Surtout pas. Il voulait voir tomber celui qui ne tombait jamais et qui depuis toujours n'avait cessé d'éclabousser tout le monde avec ses certitudes et ses conseils. Ce donneur de leçons, garant de la morale, c'était un ennemi qu'il fallait faire taire, qu'il fallait supprimer. Maintenant, tout de suite, sans plus attendre. Il n'y avait pas de plan. Juste une impulsion.

Et en effet, quelques minutes après avoir bu son verre d'eau, Vincent se mit à ne plus articuler les mots qu'il prononçait. Il se mit à tituber. Il respirait de plus en plus lentement sans comprendre ce qui lui arrivait. Vincent pour la première fois de sa vie avait le vertige alors il se rapprocha de son ami pour se tenir à lui. Marc souriait.

– Alors ? Tu as peur maintenant ? Dis-moi que tu as peur. Non, ne dis rien. Ne dis plus rien. Ça me fait tellement de bien que tu fermes enfin ta grande gueule ! Je vais m'occuper de toi maintenant ! Tu vas voir, ça va très bien se passer !

Et sans même réfléchir, Marc prit Vincent par la main pour le sortir de la cuisine. Il le soutenait avec difficulté pour ne pas qu'il tombe. Il ne fallait pas qu'il tombe. Pas encore. Pas maintenant. Il ouvrit la porte d'entrée qu'il referma aussitôt. Il installa Vincent sur une chaise, l'abandonna quelques secondes et se dirigea vers la cuisine. Il y avait là un couteau, un grand couteau à viande qu'il avait déposé dans un tiroir après la soirée où Jeremy avait voulu se faire des pâtes aux truffes. Personne n'y avait touché depuis.

Marc eut alors une idée. Une idée qui, dans l'état où il était, lui parut merveilleuse. Il chercha d'abord des gants dans un tiroir, puis dans un autre tiroir, puis dans un placard au-dessus de l'évier. Il y trouva des gants verts Mapa pour la vaisselle. Il en prit une paire qu'il enfila instantanément et mit le couteau dans la poche intérieure de son manteau. Le couteau dépassait mais c'était trop tard, c'était comme ça, il fallait y aller, il fallait partir maintenant, avant que Caroline ne rentre.

*

Marc conduisait maintenant la voiture de Vincent et, à cet instant précis, il se sentait fort, plus fort qu'il ne l'avait jamais été. Il se sentait puissant. C'est lui qui parlait à présent. C'est lui qui hurlait. Qui éructait. Il se tournait parfois vers ce passager qui ne disait plus rien, qui ne pouvait plus rien dire. Il parlait, parlait, postillonnait en parlant.

Vincent se demandait pourquoi Marc postillonnait comme ça. Et pourquoi il avait soudain ce regard fou. Mais, le temps que ces questions-là arrivent jusqu'à son cerveau, une autre question lui venait. Ils étaient sur le chemin. Sur un chemin. Mais le chemin vers où ? Vincent, avec un peu de retard sur le cours des choses, se dit qu'il connaissait cette route. Mais le monde pour lui tournait trop lentement et la voiture allait trop vite. Il n'arrivait pas à se focaliser. Sa tête et son corps étaient trop lourds. Il était fatigué, épuisé, il n'avait plus la force de bouger. Il ne pouvait plus. Alors il se laissait porter, emporter, il avait envie de fermer les yeux.

Il aurait bien voulu dire ça à Marc, lui dire qu'il se sentait mal, lui demander où ils allaient, lui demander s'il l'emmenait à l'hôpital… Mais il n'y arrivait pas. C'était impossible. Les mots ne sortaient pas. Les mots ne parvenaient même plus jusqu'au cerveau. C'est tout juste s'il arrivait à sortir un son. Ni une syllabe, ni une voyelle. Juste un son. Un son très court. Un son que Marc n'entendit même pas. Il hurlait encore. Encore et toujours. Il était incontrôlable. Inarrêtable. Il était furie. Il était plein de rage et de haine au volant de cette voiture allemande bleu marine.

Peut-être prenait-il conscience de ce qui allait se passer.

Ils arrivèrent place du Panthéon, et, en se garant, Marc percuta une voiture qui était sur sa droite, une Clio rouge. Marc avait toujours eu du mal avec les distances.

Il aida Vincent à sortir du véhicule et puis ils marchèrent vers l'église qui était juste en face. L'église Saint-Étienne-du-Mont. L'église de la montagne Sainte-Geneviève. Marc soutenait Vincent qui semblait se déplacer avec difficulté.

Il était dix-sept heures quarante-cinq.

Il n'y avait pas beaucoup de monde à cette heure-ci. Presque personne.

Marc n'avait rien prévu, rien prémédité. Il n'y avait pas de plan, juste une impulsion. Mais jamais auparavant il n'avait ressenti une telle excitation. Il ne cessait de répéter : « C'est où ? C'est où ? » en sachant pertinemment que Vincent ne pouvait pas lui répondre. Il y avait vingt ans de haine dans ce « C'est où ? » Vingt ans de colère sourde, de ressentiments.

Vincent titubait, seul, au milieu de cette église vide et Marc, qui s'était arrêté de marcher, qui s'était arrêté un instant, le regardait toujours en souriant, toujours avec ce léger rictus au coin des lèvres. Marc avait lâché Vincent pour l'humilier. Pour le voir souffrir. Comme il était pathétique à présent celui qui avait toujours été si virevoltant. Comme il était faible, comme il était fragile celui qui avait toujours été si fort, si puissant.

Marc le suivait pas à pas. Il était là, juste derrière lui. Il repensait à toutes ces choses qu'il lui reprochait, à toutes ces humiliations qu'il avait subies. Il repensait à Laura, son premier amour. Il repensait à elle qui était partie avec Vincent juste après l'avoir quitté. Cette pute ! Elle l'avait quitté sur le quai du métro et après ça, juste après ça, ils s'étaient mis ensemble.

Peut-être même qu'elle l'avait quitté pour lui, pour Vincent. Peut-être qu'elle l'avait trompé quand ils étaient ensemble, peut-être qu'elle l'avait trompé avec Vincent. Tout lui paraissait clair maintenant. Tout lui paraissait si clair dans l'obscurité de cette église. Il méritait de crever. Oui, il méritait de crever comme un chien. « Tu mérites de mourir ! Tu mérites de mourir ! Tu mérites de mourir », répétait-il tout bas en suivant Vincent qui avançait de plus en plus lentement, qui avançait, à bout de forces, à bout de souffle.

« C'est où ? C'est où ? », avait-il répété plusieurs fois depuis leur arrivée dans l'église.

C'était là, juste là, devant le confessionnal. C'était ici que Marc voulait aller, c'était ici que tout prendrait fin.

Il poussa Vincent. Juste une petite poussée, un tout petit geste et Vincent s'écroula. Il s'écroula à genoux dans le confessionnal.

– On va voir, toi qui es si parfait, si tu meurs parfaitement. Si tu meurs avec élégance. Tu mérites de mourir ici, dans cette église ! Dans ce confessionnal que tu aimais tant ! Et on va voir, on va bien voir si Dieu va venir te sauver. Moi je pense que personne ne va te sauver mon pote. Tu vas mourir ! Tu vas mourir ici et maintenant ! Tu vas crever en enfer mon pote ! Tu vas crever en enfer !

Et Marc sortit le couteau de cuisine qui était à l'intérieur de son manteau.

Il frappa une première fois dans le dos de Vincent qui était toujours à genoux. Puis une deuxième. Puis une troisième et dernière fois.

Marc ne souriait plus.

Et soudain, pour Vincent il fit très froid.

– 25 –

CONFESSIONS

Marc venait de quitter Le Hibou. Il venait de dire au revoir à Caroline et cet au revoir avait sonné comme un adieu. Maintenant qu'il lui avait tout avoué, tout raconté, jamais elle ne pourrait lui pardonner. Personne au monde ne pourrait lui pardonner. Il avait tué son ami, son meilleur ami. Il lui avait lâchement donné trois coups de couteau dans le dos. Il était un meurtrier à présent. Et à présent il serait seul, tout seul, pour l'éternité. Monsieur Valentin avait donc raison ; sa prophétie allait se réaliser. Marc était un raté qui marchait seul dans les rues de Saint-Germain, fuyant le regard accusateur de la seule femme qu'il ait jamais aimée, fuyant Benjamin et Jeremy, fuyant des fantômes, des souvenirs et des policiers aussi, des policiers surtout, qui tôt ou tard l'arrêteraient.

Alors qu'il traversait les rues de ce quartier lui revenaient en tête des images de sa jeunesse, des images du passé. Il passait pour la dernière fois peut-être devant des cafés, des brasseries, des librairies où il avait jadis aimé, ri ou pleuré. Devant le cinéma MK2 à Odéon il ne put s'empêcher de repenser à tous ces films qu'il avait vus ici. Il pouvait sentir de loin l'odeur du pop-corn qu'il avait toujours adoré engloutir pendant les bandes-annonces.

Le compte à rebours avait commencé. Il ne lui restait plus que quelques minutes. Quelques minutes de liberté. Quelques minutes dehors avant de passer dedans, à l'intérieur de cette église où il avait assassiné le meilleur de ses amis.

C'est vers là-bas, vers la place du Panthéon qu'il se dirigeait. Il levait les yeux au ciel, parfois, attendant un signe peut-être, espérant que quelqu'un quelque part lui vienne en aide. Il faisait attention aux voitures sur la route, aux piétons sur le trottoir, il faisait attention aux détails, aux petites choses qu'il n'avait jamais pris le temps d'observer.

Il passa devant la faculté de médecine, devant la Sorbonne, devant le parc du Luxembourg. Il y était presque. Il ne savait ni ce qu'il venait chercher dans cette église ni ce qu'il y trouverait. Il n'avait pas de plan. Juste une impulsion.

C'était là que tout devait finir. Il prit une grande respiration et puis il entra. Il entra pour la deuxième fois de sa vie dans cette église de la montagne Sainte-Geneviève. Il n'y avait pas un bruit. Il n'y avait personne. Il faisait froid, il faisait sombre et pourtant, malgré l'austérité ambiante il régnait là une certaine sérénité.

En marchant le long des vitraux il ne put s'empêcher de repenser à cette scène, à cet accès de folie, cet accès de fureur. Pour une raison qu'il ignorait encore il n'éprouvait pas de regret. Ni regret ni peine. Il n'avait pas encore réalisé. Des jours étaient passés mais il n'était pas redescendu. Pas encore. L'adrénaline était trop forte, ce qu'il ressentait était trop intense, trop puissant.

Après avoir donné le dernier des coups de couteau, dans un étrange réflexe, il avait tenté de rattraper Vincent. Il avait tenté de le rattraper pour ne pas qu'il tombe. C'est à ce moment-là sans doute qu'il avait cassé la chaîne qu'il portait autour du cou. Cette chaîne et cette étoile de David que Vincent n'avait jamais enlevées depuis le lycée. Un peu par tradition. Un peu par superstition.

Marc n'avait pas pleuré en voyant Vincent à terre. Il n'avait pas pleuré non plus quand le sang avait coulé. Il avait juste lâché le couteau et s'était enfui. Il avait couru le plus vite possible vers l'extérieur. Et il s'était drogué toute la nuit jusqu'au petit matin. Il avait mélangé LCD, cocaïne et ecstasy pour tenter d'oublier ce qu'il venait de se passer. Mais bien sûr cette image était revenue le hanter encore et encore, cette nuit-là et les nuits d'après. Et les jours d'après.

Par la suite il avait dû affronter le Russe et ses questions, Lisa et ses pleurs, et Lili aussi, et Mia, et Benjamin, et tous les autres qui étaient venus partager leur peine avec lui. Il avait dû feindre l'étonnement et jouer la surprise quand on lui avait annoncé que Jeremy était le principal suspect.

Alors, aujourd'hui, sur ce chemin qui prenait fin, Marc était soulagé.

Il avait tant de fois entendu Vincent lui parler de la confession, lui parler de cet apaisement qu'il y trouvait, lui le gamin juif de Nogent. Tant de fois ils avaient évoqué ensemble cette quête du bonheur après laquelle Vincent courait. Et tant de fois Marc avait eu ce petit sourire narquois, ce petit rictus pour signifier son désaccord. Le bonheur ça n'existe pas. Le bonheur c'est une invention, un conte que l'on raconte aux enfants avant qu'ils s'endorment. Alors, pour fuir l'enfer sur terre il avait cherché d'artificiels paradis sans jamais les trouver vraiment.

En ouvrant la porte du confessionnal, Marc savait bien qu'il ne lui restait plus beaucoup de temps.

C'était fini, presque fini.

Marc en eut les larmes aux yeux.

– Bénissez-moi mon père parce que j'ai péché. Demanda-t-il en mettant un genou à terre.

– Asseyez-vous mon fils. Que Dieu soit dans votre cœur et sur vos lèvres afin que vous confessiez bien tous vos péchés.

– Je ne sais pas par où commencer. Je m'appelle Marc. Je ne me suis pas confessé depuis mes douze ans je crois.

– Vous vous souvenez de ce qu'il faut dire ?

– Euh…

– Je confesse à Dieu tout-puissant, à la bienheureuse Marie toujours vierge, à saint Michel Archange, à saint Jean Baptiste…

– Aux Saints Apôtres Pierre et Paul, à tous les saints et à vous, mon père, que j'ai beaucoup péché, en pensée, en parole et par action. C'est ma faute, c'est ma faute, c'est ma très grande faute.

– C'est ça. C'est exactement ça. Je vous félicite mon fils.

– Merci. Vous savez quoi ? Il y a longtemps que personne ne m'avait félicité.

– Je vous écoute mon fils. Vous pouvez parler en toute confiance.

– Mon père, je m'accuse de… J'ai tué mon meilleur ami. C'était il y a quelques jours. C'était ici. Je l'ai tué et je ne sais pas ce que je ressens mon père. Je l'ai poignardé. Trois fois. Il n'a pas crié. Ou alors je ne l'ai pas entendu. Je ne me rappelle plus très bien. Je me souviens juste que sur le moment ça m'a rendu heureux. J'étais heureux de le tuer. J'étais heureux à l'idée de le voir mort. Je voulais qu'il se taise. Je voulais qu'il arrête de respirer. C'était mon meilleur ami depuis très longtemps. Depuis le lycée. Et j'avais fini par le haïr. Je le regardais parfois et j'avais envie de lui faire mal. Lui faire mal comme ça, sans raison apparente. J'ai essayé plusieurs fois de couper les ponts avec lui. Plusieurs fois… Mais je n'ai jamais réussi. Il y avait toujours un anniversaire où on se retrouvait. Il y avait toujours un événement qui nous réunissait et on finissait par se revoir. Il était toxique. Ou alors non ce n'était pas de sa faute. Je ne sais pas. Je n'ai jamais pu m'empêcher de me comparer à lui. Et lui, il a réussi beaucoup de choses… Il a réussi son mariage, il a des enfants, il a un boulot qu'il aime. Enfin il avait. Il avait parce qu'il est mort. Parce que je l'ai tué. Et vous voyez, quand je vous en parle, c'est terrible mais ça ne me fait rien. Vous croyez que c'est normal ? Peut-être que je suis fou. Je vais finir en prison je le sais. Je ne vais même pas essayer de me justifier ou de trouver des circonstances atténuantes. Je l'ai tué, c'est tout. Et vous savez ce qui m'inquiète, là tout de suite, ce n'est pas l'enfermement, ce n'est pas de ne plus jamais revoir Caroline, non, ce qui m'inquiète vraiment, ce qui m'inquiète le plus, c'est que je vais devoir être en sevrage. Je ne vais plus pouvoir prendre ce que je prends d'habitude et ça… ça je ne sais pas comment je vais faire. J'ai commencé il y a longtemps maintenant et je ne peux plus m'en passer. Ça m'aide. Ça m'aide quand je vais mal, ça m'aide quand je vais bien, ce qui est plus rare, ça m'aide tout le temps. Quand je prends ça, et je pense que vous avez compris de quoi je parle, je me sens fort. C'est con, hein je sais, mais je me sens tellement fort quand j'en prends. J'ai l'impression que je vais conquérir le monde. Alors que je n'ai rien fait. Rien du tout. J'ai passé ma vie à ne rien faire de ma vie. Je suis fatigué. Je suis fatigué mon père. Je suis fatigué.

– Mon fils…

Et soudain, la porte du confessionnal s'ouvrit. Le Russe était là, accompagné de plusieurs policiers pointant leurs armes vers Marc qui poursuivait sa confession.

– Père, Dieu de tendresse et de miséricorde, j'ai péché contre Toi et mes frères… Je ne me rappelle plus la suite de la prière mais je sais que près de Toi se trouve le pardon. Accueille mon repentir. Je T'en supplie mon Dieu accueille mon repentir !

Le Russe s'approcha alors de lui, lentement, pour lui passer les menottes. Marc se tenait debout, il regardait devant, droit devant lui.

– Mon Dieu j'ai un très grand regret de Vous avoir offensé parce que Vous êtes infiniment bon, infiniment aimable, et que le péché Vous déplaît. Je prends la ferme résolution, avec le secours de Votre Sainte Grâce de ne plus Vous offenser et de faire pénitence. C'est ma faute, c'est ma faute, c'est ma très grande faute.

– 26 –

UNE PLACE AU SOLEIL

Il faisait beau ce jour-là. C'était une journée d'hiver ensoleillée. Il était onze heures et Jeremy sortait de la prison de la Santé.

Benjamin était là. Bien sûr. Il attendait dans le froid depuis plusieurs minutes. Il attendait de pouvoir serrer son ami dans ses bras. Le serrer le plus fort et le plus longtemps possible. Après l'étreinte ils n'avaient pas eu besoin de se parler. Pas tout de suite. C'était un moment suspendu. C'était le moment d'après.

Jeremy ne lui raconterait rien de ce passage derrière les barreaux. Il ne lui dirait rien de ce qu'il avait vécu là-bas, à l'ombre, dans la même ville que lui et pourtant tout à fait ailleurs. Il ne s'épancherait pas sur ce sentiment d'injustice qu'il avait ressenti, et qu'il ressentait encore probablement aujourd'hui. Il n'avait pas non plus envie d'évoquer Marc. Personne n'avait plus envie de parler de lui. La douleur était encore trop vive sans doute. Trop récente.

Aujourd'hui il était dehors, et dehors il voulait profiter, simplement profiter du vent qui soufflait, de cet air qu'il respirait enfin à nouveau. Il était libre et cette liberté lui était plus précieuse encore après avoir été enfermé.

Il n'avait plus de montre à son poignet, plus d'obligations, plus d'horaires à respecter. Il avait tout le temps du monde devant lui, alors ils allèrent déjeuner dans un restaurant de Montparnasse, bientôt rejoints par Lisa qui à son tour embrassa chaleureusement cet ami qu'elle n'avait pas vu depuis trop longtemps.

Lisa pleurait si fort en l'embrassant qu'elle ne pouvait plus le lâcher. Il y avait tout un tas d'émotions dans ces pleurs. Il y avait des larmes parce qu'elle le retrouvait, parce qu'elle avait toujours cru en son innocence. Il y avait de la colère aussi, de l'incompréhension, il y avait le visage de Marc qui la hantait, il y avait le parfum de Vincent qui sans cesse revenait. Ce parfum qu'elle ne sentait plus et qui lui manquait tant. C'est pour Vincent qu'elle pleurait. Pour Vincent surtout. C'est son mari mort assassiné qu'elle pleurait.

Il y avait des sourires ce midi-là, une impression de déjà-vu qu'on ne reverrait plus. C'était un déjeuner qui ressemblait aux déjeuners d'hier mais pas à ceux de demain. Demain, chacun reprendrait sa vie, sa nouvelle vie, chacun reprendrait sa route vers ailleurs mais en attendant ils avaient envie de profiter de cet instant. Cet instant qu'ils prolongèrent le plus longtemps possible.

Il y eut pour chacun une entrée, un plat, plusieurs verres de vin, un dessert et plusieurs cafés. Ils avaient besoin de parler, se parler, se retrouver avant de se perdre. Ils évoquèrent Vincent, bien sûr. Parler des morts c'est un peu les rendre vivants. Ils avaient des anecdotes, tout un tas d'anecdotes à raconter, tout un tas d'histoires à partager. Ils évoquèrent Nogent-Sur-Marne, le lycée, la fac, les disputes, les réconciliations, les fous rires. Ils se racontaient les histoires d'hier sans jamais évoquer le présent et encore moins le futur. Le futur c'était pour plus tard, c'était pour après, juste après, quand ils quitteraient ce restaurant de Montparnasse. Ils parlèrent politique un peu, sport et cinéma aussi, bien sûr, parce que Vincent adorait le cinéma, parce qu'ils avaient toujours parlé de cinéma quand ils étaient ensemble. Parler de Brando ou de De Niro, parler de Capra ou de Sergio Leone c'était une façon pour eux de se dire que le temps n'avait pas tout effacé, tout emporté. C'était un peu leur façon de se dire je t'aime.

En sortant du restaurant Benjamin alluma une cigarette. Il embrassa Lisa puis Jeremy et s'éloigna avant de revenir sur ses pas. Une dernière fois. « *Une place au soleil*, dit-il à Jeremy. Tout à l'heure tu m'as demandé quel était mon film préféré. Eh bien j'ai trouvé, j'ai réussi à faire un choix. *Une place au soleil.* Monty Clift, quel acteur ! »

Jeremy resta quelques secondes de plus avec Lisa, puis il s'éloigna à son tour. Il avait envie de marcher. Marcher pendant des kilomètres. Marcher dans le froid vers ailleurs, quel que soit l'ailleurs. Marcher seul jusqu'à la tombée de la nuit. Marcher seul comme un homme libre. Libre. Il était libre.

*

Il était dix-neuf heures dix. Le Russe était debout dans une voiture du métro de la ligne 6. Il rentrait chez lui après sa journée de travail. La voiture était bondée et lui, coincé entre une vieille dame aux cheveux gris et un groupe d'étudiants, il essayait de manger le sandwich Daunat thon-œuf-mayonnaise qu'il venait d'acheter. Et quelque part au fond de lui, il attendait que son téléphone sonne. Il espérait…

Dans le même temps, Caroline était debout, dans sa cuisine toujours en travaux. Elle regardait par la fenêtre. Seule. Elle était seule dans ce grand appartement désespérément vide. Seule au milieu des cartons.

À vingt heures, Benjamin était encore dans les coulisses du théâtre, en costume, il s'apprêtait à monter sur scène. Le spectacle avait été prolongé pour quelques dates supplémentaires, lui laissant ainsi la possibilité de déclamer son texte une nouvelle fois : « Un tout petit bonhomme de rien du tout, après une toute petite vie de rien du tout, peut finir par se retrouver aussi épuisé par son petit travail de rien du tout que le président des États-Unis. »

À l'heure où Benjamin n'en était encore qu'au premier acte, Lisa, elle, couchait les enfants. Elle s'était enfermée dans la chambre avec les filles et leur racontait une histoire de princesse. Une histoire joyeuse pour qu'elles fassent de beaux rêves.

– J'aimerais bien rêver de papa cette nuit, dit Lili. Tu crois que je vais rêver de lui ? Comment je peux faire pour être sûre de rêver de lui ?

– Je ne sais pas ma chérie. Je pense… Tu sais, je pense que tu rêves de lui toutes les nuits…

– Moi aussi ? demanda Mia.

– Oui, toi aussi. Vous rêvez de lui toutes les nuits mais parfois vous ne vous en souvenez pas. Vous oubliez parce qu'il y a plein de rêves dans une seule nuit. Moi j'ai rêvé de lui la nuit dernière. Il conduisait une moto…

– Une grosse moto ?

– Une très grosse moto ! Et je ne sais pas comment mais il a appuyé sur un bouton et des sièges sont apparus à droite et à gauche.

– Des sièges ?

– Oui. Des sièges bleus. Un de chaque côté.

– C'était une moto magique ?

– Oui. Exactement. C'était une moto magique. Et on a pu monter tous les quatre, tous ensemble sur cette moto magique. Et on a roulé, on a roulé pendant très longtemps.

– On a roulé où ?

– Dans le désert. On était dans le désert.

– En Amérique ?

– Oui je crois. Je crois que c'était en Amérique.

– Il y avait des cow-boys ?

– Et des chevaux ?

– Oui. Il y avait des cow-boys et des chevaux. Et nous on était sur notre moto magique.

– C'est trop bien. Moi aussi je veux rêver de ça cette nuit.

– Ma chérie, tu peux rêver de ce que tu veux. Rêve. Rêve ma chérie. C'est la plus belle chose que tu puisses faire. Rêve.

*

9 heures du matin à Marseille, sur la Corniche. Jeremy venait de retrouver Dóra et le mistral soufflait. Et devant eux la mer bleue. L'horizon.

FLASH-BACK

LE TICKET GAGNANT

– On fait comme d'habitude ? avait demandé Vincent.

– Comme d'habitude !

– Benjamin, c'est bon pour toi ?

– C'est bon pour moi.

– Donc : 26. 29. 1. Et qu'est-ce qu'on fait pour les deux derniers numéros ?

– On est le 13. Mets 13, proposa Benjamin.

– Mais non, ça porte malheur le 13 ! s'était emporté Marc.

– Mais pas du tout. 13, c'est bien.

– Et pour le dernier ?

– Euh… Je ne sais pas…

– Marc ?

– Attends une seconde, avait demandé Marc en regardant son téléphone portable. Je crois que j'ai un acheteur pour l'appartement du boulevard Diderot.

– Bon… Alors je m'en occupe… 46, décida Vincent.

– Pourquoi 46 ?

– Parce que c'est très bien, 46. On ne l'a jamais joué en plus. C'est bon pour tout le monde ? 26. 29. 1. 13 et 46. Et pour les deux étoiles on fait comme d'habitude : 4 et 7. Voilà. C'est fait.

– J'aimerais bien qu'on gagne. Même cinquante ou cent euros ce serait bien.

– C'est compliqué en ce moment ? demanda Vincent à Benjamin.

– C'est une catastrophe. Je suis à découvert depuis trois semaines.

– Tu veux que je t'aide ?

– Non, merci.

– Benjamin…

– T'es gentil Vincent, mais ça va aller.

– Si tu as besoin, je suis là.

– Merci. Merci beaucoup.

– Ne me remercie pas abruti, c'est normal.

– De quoi vous parlez ? s'inquiéta Marc.

– De rien. C'est bon, tu l'as vendu ton appartement ?

– J'ai rendez-vous demain matin. Ils veulent visiter une dernière fois. Bon… On sort ce soir ?

– Non non pas du tout, dit Vincent.

– T'es chiant. Et toi Benjamin, t'es d'accord ?

– Non, c'est compliqué en ce moment.

– Je vais chercher des nouveaux amis, moi, si ça continue. Non mais sérieusement, personne ne veut sortir ce soir ? On peut juste faire un restau ?

– Ok. D'accord, répondit Benjamin.

– Ah voilà ! Vincent, t'es avec nous ?

– Non vraiment. Je vais rester avec ma femme ce soir.

– T'es lourd !

– Je vous rejoindrai peut-être après. On verra. On se tient au courant.

– Vous vous rendez compte, si on gagne ? rêvait déjà Benjamin. Si on gagne une grosse somme, genre un million d'euros. Ou même deux. Deux millions d'euros ! Ce serait incroyable !

– Oui… Ce serait incroyable ! répondirent en chœur les deux autres. Ce serait vraiment incroyable !

MERCI

Un remerciement tout particulier à Huguette Maure qui m'a aidé, guidé, encouragé tout au long de ce voyage…

Merci à Elsa Lafon, pour son amitié et sa confiance.

Merci également à Raphaël et toute l'équipe des Éditions Michel Lafon.

Merci à Nóra, la femme de ma vie, pour son intelligence, sa tendresse et sa bienveillance. Et pour avoir changé pour toujours ma façon de voir le monde.

Merci à ma maman, pour l'amour inconditionnel et la force inouïe qu'elle m'a donnés en me regardant comme personne d'autre ne me regardait.

Merci à Manon, ma sœur, ma merveilleuse amie, ma confidente et première lectrice depuis le premier jour. Merci pour Rome. Et pour tant d'autres choses…

Merci à mon papa, pour tout l'amour qu'il m'a donné et pour m'avoir donné la force et l'envie de toujours me surpasser.

Merci à Boris, mon frère, mon ami, pour tous nos échanges, nos partages et nos passions communes.

Merci à Ilan, mon ami de toujours et pour toujours.

Merci à Philippe, mon ami, pour toutes nos magnifiques aventures passées, présentes et futures.

Merci à Éric, pour son amitié et sa grande générosité depuis le jour de notre rencontre.

Merci à Michel, mon producteur, manager et ami, pour sa confiance jamais démentie.

Merci à Benjamin, mon manager, mon ami, pour notre précieuse complicité et son indéfectible soutien.

Merci à Dominique et toute l'équipe du théâtre de la Madeleine pour leur gentillesse et leur professionnalisme.

Merci à Judith, mon amie, ma complice, pour tous nos échanges, nos écrits, nos projets présents et futurs.

Merci à Tine, ma très chère amie, pour sa grande gentillesse et sa bienveillance.

Merci à Félix, pour son amitié si précieuse et cette place toujours près de lui lors de nos dîners chez Nini.

Merci

Merci à Laurent, pour son amitié et ses nombreux conseils toujours bienveillants.

Merci à Alexandra pour sa confiance.

Merci à Rudy, merci à Aurélie, à Joseph, Charlotte, Mia, Lauren, Lili, Kiara et Linett. Merci à ma famille que j'aime.

Merci à Kodjo pour nos souvenirs du passé.

Merci à Richard pour nos samedis soir rue Robert-Estienne.

Merci à Isabelle pour ses mots de grand réconfort prononcés un jour d'été à Ibiza. Merci à Vanessa pour son indéfectible soutien avant et après *L'Invitation*.

Merci à Julie, Liora, Zoé, Izia, Jean-François, Vinciane, Julien, Giulia, Laurent et Brigitte.

À la mémoire de Jeremy Hattab, mon ami parti trop tôt, et Albert Kadouche, le premier à m'avoir fait confiance en m'ouvrant les portes de son théâtre.

TABLE DES MATIÈRES

DIRECTION LITTÉRAIRE
Huguette Maure

Assistée de
Raphaël Bodilis

Composition
PRESS·PROD

IMPRIM'VERT®
PEFC™ 10-31-1510

Imprimé en France
par Corlet Imprimeur
14110 Condé-en-Normandie
Dépôt légal : mars 2023
N° d'impression : 23010075
ISBN : 978-2-7499-4864-5
LAF : 3180